: 그의 직장 성공기

Holic
: 그의 직장 성공기 7

초판 1쇄 인쇄일 2016년 2월 20일 ㅣ **초판 1쇄 발행일** 2016년 2월 24일

지은이 복면작가 ㅣ **펴낸이** 곽중열 ㅣ **담당편집 팀장** 이범수
편집부 신연제 이윤아 김은경 홍현주

펴낸곳 (주) 조은세상 ㅣ **출판등록** 제 2002-23호
주소 경기도 연천군 미산면 청정로 1355
TEL 편집부 02)587-2966 ㅣ FAX 02)587-2922
e-mail bukdu@comics21c.co.kr

ⓒ복면작가 2015
ISBN 979-11-5832-459-9 ㅣ ISBN 979-11-5832-294-6(set) ㅣ 값 8,000원

※잘못 만들어진 책은 바꿔 드립니다.
※저자와의 협의에 의해 인지는 생략합니다.

홀릭

: 그의 직장 성공기

HOLIC

복면작가 현대 판타지 장편소설

NEO MODERN FANTASY STORY & ADVENTURE

북두
(주)조은세상

CONTENTS

NEO MODERN FANTASY STORY & ADVENTURE

홀릭

: 그의 직장 성공기

홀릭
HOLIC : 그의 직장 성공기

151회. 신혼여행의 밤

결혼(結婚).

그 얼마나 아름다운 말인가.

특히, 아름다운 커플이 인연을 맺는 과정은 보는 사람의 얼굴에 웃음을 자아낸다.

물론 모든 사람이 오늘 민호와 유미의 결혼에 축복을 비는 것은 아니다.

그렇다고 저주하는 것도 아니지만, 두 커플을 보고 있는 글로벌 그룹의 여성들은 마음속이 뻥 뚫렸다.

재권의 결혼식에 아쉬워했던 마음은 약과였다는 게 지금 떠올랐다.

장기 휴가 중에 돌아온 케이티.

오늘도 볼륨감 있는 몸매가 많은 남자의 시선을 붙잡은 그녀의 얼굴에 만들어낸 미소가 드리워져 있었다.

한결같이 검은색 원피스를 입고 찾아온 희재 역시 마찬가지다.

케이티가 밝은 쪽의 섹시함이라면, 그녀는 어두운 쪽의 관능미를 뿜어내고 있었다.

그래도 민호가 그들에게 틈을 주지 않았기에 잔인하다는 욕을 할 수는 없었다.

그들 스스로 선택한 짝사랑.

이제 그 속박에서 벗어날 시간이 왔다는 건 어쩌면 축복일지도 모르겠다.

같은 장소.

그들과 비슷한 마음을 지닌 한 사람이 있었다.

그게 바로 유미의 아버지, 정필호였다.

이미 저 앞에서는 민호가 기다리고 있었고, 짜증 나게 결혼행진곡이 흘러나왔다.

이 음악만 아니라면 굳이 한 걸음 떼지 않아도 되는데…

"험, 험. 유미야… 가자."

"네, 아빠."

옆에 팔짱을 낀 자신의 딸은 뭐가 그렇게 좋은지 목소리가 무척 밝았다.

솔직히 오늘 유미는 세상에서 가장 아름다운 여자로 보였다.

아까 민호를 짝사랑했던 여인들에게 유미는 질투의 대상이었지만, 반대로 유미를 짝사랑했던 글로벌의 총각들은 민호를 죽일 듯이 쳐다보았다.

딴딴따단~ 딴딴따단~

결혼행진곡에 맞추어 유미의 걸음이 사뿐히 나아갈 때, 그들의 마음은 쿵! 하고 내려앉았다.

이제 보내야 할 시간이 찾아왔지만, 유미를 놓아줄 수 없는 그 마음.

정필호도 마찬가지다.

어느덧 사전적 의미로 사위, 자신의 마음속에는 도둑놈인 민호가 웃으면서 유미를 빼앗으러 다가오고 있었다.

이렇게 빨리 자신의 예쁜 딸을 저 날도둑놈에게 빼앗길 줄이야.

금이야 옥이야 키워냈는데, 아쉽고 또 아쉬워서 딸의 손을 놓을 수가 없었다.

"장인어른…."

민호는 유미의 팔짱을 풀지 않은 정필호에게 살짝 정색했다가 곧바로 웃으며 속삭였다.

물론 놓아달라는 뜻이었다.

혹시 통하지 않을까 봐 강렬한 눈빛을 보냈다.

'제가 행복하게 해주겠다니까요.'

'그걸 어떻게 믿어? 이 도둑놈아. 저기 저 여자들 보이냐? 생각해보니 네 여자관계 조사를 안 했다.'

'전 깨끗합니다. 정말이에요. 저 여자들은 자기네들 혼자 저를 짝사랑했을 뿐입니다.'

'손뼉도 마주치는 손이 있어야 소리가 나는 거다. 네가 꼬리를 치고 다녔으니 저렇게 결혼식까지 찾아와 아쉬운 눈빛을 보내는 거 아니냐.'

눈의 대화.

아주 짧은 시간에 펼쳐지는 승부와 같았지만, 안타깝게도 유미는 이제 민호의 편이었다.

스윽.

아버지를 살짝 뿌리치며 민호에게 다가가는 유미의 모습.

정필호는 약간 충격을 받았다.

그래도 보내줄 때에는 딸의 행복을 빌어줄 수밖에….

"너 이 자식. 유미 눈에 눈물 나게 하면 너 죽고 나 죽는다!"

눈을 부라리며 말하는 정필호에게 민호는 고개를 끄덕여 다짐했다.

절대 그럴 일 없을 거라고.

제발 믿어달라고.

그렇게 속마음을 다 전달한 후에 민호는 드디어 유미를 데리고 주례 앞에 섰다.

오늘 주례는 박상민 사장이 맡았다.

"신랑 김민호 군은…."

다른 사람의 결혼식에서 많이 듣던 이야기가 그의 입에서 흘러나오자 민호는 바로 신경을 끄기 시작했다.

지금 그의 머릿속에는 온통 신혼여행으로 가득 찼다.

산부인과에서 최종적으로 유미가 신혼여행을 갈 수 있다고 진단했기에 이루어진 일.

물론 가서 비즈니스도 해야 하겠지만, 기본적으로는 신혼여행의 완성은 당연히 밤과 낮이 없는 뜨거움이었다.

낮에는 열정적으로 많은 곳을 누비고 다니며 추억을 만들어야 하고, 밤에는….

'음….'

민호의 입이 그 자신도 모르게 슬며시 좌우로 찢어졌다.

묘한 웃음이 뜻하는 것은 아마도 민호만이 알 것이다.

생각보다 더 지루한 박상민 사장의 주례사에 상상의 날개를 펼치는 민호.

그는 이번에 산부인과 의사에게 임신 포지션까지 물어보았다.

자신의 2세에게 충격을 주지 않을 방법을 완전히 익히리라!

이런 생각을 하다 보니 드디어 주례가 끝났다.

"신랑은 빨리 만세 삼창을 해주세요!"

오늘 사회자는 재권이었다.

민호가 잠시 그의 얼굴을 보았다.

자신에게 아주 진부한, 아주 구태의연한 만세삼창을 시키는 재권.

좀 신선한 걸 계획하지 않은 그가 원망스러웠다.

지난번 그의 결혼식에 민호가 사회를 보기로 했지만, 정필호의 숟가락에 맞아 눈이 멍이 들면서 무산된 기억이 떠올랐다.

당시 자신이 사회를 보았다면 창의적인 결혼식을 진행했을 텐데….

지금의 결혼식은 참….

지루했다.

오히려 폐백이 끝나고 귀빈들이 식사하는 곳에 다이나믹한 광경이 그를 붙잡았다.

안재현을 피해서 슬금슬금 이동하는 우성영의 모습.

안재현과 같이 온 이용근과 강태학 옆에 붙어 있는 이정근은 서로를 완벽하게 무시하고 있었다.

한편, 방정구는 웃음을 지으며 민호에게 악수하자고 손을 내밀었다.

"으아…. 이렇게 아름다운 미녀와 결혼하시다니! 부럽습니다. 자고로 미인은 눈, 코, 입이 단정하며…."

저 설명하는 버릇은 언제쯤 고치게 될까?

한참을 듣다 보면 지루해서 안드로메다로 영혼이 이주할 것만 같았다.

하지만 민호는 방정구가 만만치 않은 인물이라는 걸 아주 잘 알고 있었다.

"이번 신혼여행은 인도네시아라면서요?"

어떻게 알았는지 자신의 신혼여행지까지 물어보는 방정구.

굳이 대꾸하고 싶지 않았지만, 오늘 자신의 인생에서 가장 행복한 날.

모든 사람에게 모처럼 친절을 베풀었다.

"그렇습니다."

"잘 다녀오십시오. 하시는 일도 잘되기를 바라고요. 하하하."

묘한 뉘앙스에 작은 실마리까지 주었다.

하시는 일도 잘되기를 바란다.

민호가 인도네시아에 가는 목적을 마치 아는 것처럼 이야기하고 있었다.

아니 아예 알고 있다고 여기는 게 나을 것 같았다.

그래야 대책을 세울 수 있으니까.

⚜

인천공항에서 7시간이 걸리는 인도네시아.

민호가 여기에 처음 왔을 때에도 유미와 함께였는데, 이번에도 마찬가지다.

하지만 그때와 지금은 상황이 매우 달라졌다.

이제 민호와 유미는 부부로서 인도네시아에 땅을 밟았다.

"호텔에 들어가자마자 푹 쉬어. 응?"

"응. 그런데 너무 걱정하지 마, 오빠."

"너도 걱정되지만, 우리 해달이가 걱정돼서 하는 말이야."

아무리 산부인과 의사의 허락이 떨어졌어도 은근히 걱정되는 민호.

그게 표정에서 나타났는지, 유미는 피곤한 기색을 전혀 보이지 않았다.

사실 피곤하지도 않았다.

이상하게 작년 민호를 만났을 때부터 그녀를 오랫동안 괴롭혔던 잔병치레는 모두 사라졌다.

이걸 단순히 사랑의 힘이라고 여기는 유미.

이제 뱃속의 태아가 생겼으니 사랑의 힘은 분명히 더블이 될 것이라고 굳세게 믿고 있었다.

더군다나 태아를 가지게 되면서 힘도 더 좋아졌다.

"오빠…. 이건 내가 들게."

"무슨 소리야! 저기…."

민호는 그대로 입을 열고 있었다.

무거운 가방을 들어서 택시에 싣는 유미를 보며 잠시 놀란 입을 다물지 못했다.

어머니의 힘은 위대하다더니 설마 태아를 가지게 되어서

유미가 저렇게 강해졌을까?

아니면 원래부터 저런 힘을 숨기고 있었을지도 모른다.

흔히 '낮져밤이'라고 하는 인간형.

유미가 그랬다.

낮에 고분고분하고 순종적인 이미지의 그녀는 밤이 되면 변신했다.

오늘도 그것을 기대하는 민호의 심장이 벌써 쿵쾅거리기 시작했다.

잠시 후 호텔에 들어와서 방 안에 있을 때는 더더욱 그랬다.

샤워하러 들어간 유미를 기다리며 침대에 누워있는데, 왜 이렇게 묘한 기분이 드는 것일까?

더군다나 오늘이 처음도 아닌데….

"후읍!"

민호는 심호흡을 들이키며 눈을 감았다.

머릿속으로는 상상의 나래를 펼쳤다.

과거와 현재, 그리고 미래가 영상으로 흘러가고 있었다.

유미를 처음 만났을 때부터 지금까지의 일이 주마등처럼 떠올랐다.

그러다 보니 자신도 모르게 입가에 '빙그레' 웃음이 그려지고 말았다.

그리고….

"쿨…."

민호는 어느새 잠이 들고 말았다.

신기하게도 꿈속에서 민호는 3인칭 관찰자 시점으로 자신을 보고 있었다.

그날은 L&S 상사에 면접 가는 날이었다.

당시에 자신은 정문에서 향긋한 냄새를 맡고 시선을 돌렸다.

이건 꿈속에서만 벌어지는 일이 아니었다.

실제로 민호는 당시에 같은 냄새를 맡았고, 실제로 당시에 고개까지 돌린 게 지금 꿈을 통해서 생생하게 기억을 불러일으켰다.

꿈속의 민호. 그의 시선을 따라가다 보니 한 여자가 보였다.

민호의 자아는 놀랐다.

그곳에 유미가 있다는 사실을.

결국, 그날 면접관의 질문에 그 누구보다도 술술 잘 말하는 민호는 유미를 만났었기 때문이었다.

첫 만남에서 그녀를 인식하지 못했지만, 정말 운명처럼 그녀와 연인이 되었고 혼인서약서를 맹세하는 그 모든 과정이 찰나의 시간에 펼쳐지고….

번쩍!

민호의 눈이 뜨였다.

자신을 바라보는 유미의 눈이 보였다.

그녀의 눈은 매우 뜨거운 열정을 품고 있었다.

그 눈이 가까워져 왔다.

쌔액, 쌔액.

그녀의 숨소리도 가까워져 왔다.

민호의 팔이 그녀를 감싸 안고….

인도네시아에서의 첫날밤은 오늘 뜨거운 밤이 되었다.

그렇게 밤을 보낸 민호.

그의 얼굴에 광채가 흐르는 것일까?

민호의 능력은 외국에서도 통하는지, 인도네시아의 사람들은 그를 보면서 호감을 느꼈다.

물론 민호는 여기에 와서도 여전히 시크한 모습이었다.

지금 그의 머리는 다시 비즈니스로 가득 차 있었다.

일단 현재 인수 협상을 하는 L&S 건설이 벌린 사건이 최우선으로 그가 해야 할 일이었다.

인도네시아의 첸다 그룹은 에너지 기업으로 유명한 곳이다.

신혼여행과 비즈니스를 겸하는 이번 인도네시아 방문.

다행히 약속은 한국에서 잡을 수 있었다.

우연하게 강태학과 이정근이 인도네시아에 출장 왔을 때, 민호는 그들에게 지시했다.

첸다 그룹을 방문해서 석탄 화력 발전소에 대해 알아보라고.

강태학은 민호가 믿을 수 있는 부하직원 중의 한 명이었고, 완벽주의자였다.

당시에 민호가 말한 것을 모두 수행했을 뿐만 아니라, 그 이면에 감추어진 지시까지 알아내려고 노력했다.

즉, 석탄 화력 발전소가 실제로 추진되고 있는지.

만약 추진되고 있다면, L&S 건설과 계약까지 했는지.

필요하다면 인도네시아에 있는 긴다 그룹을 이용해도 되느냐고 물었던 강태학.

긴다 그룹은 글로벌 그룹과 직접 거래하는 그룹이고, 현재 라면 유통을 담당하고 있었다.

민호는 아예 긴다 그룹의 중역에게 연락해서 강태학에게 힘을 실어 주었다.

그렇게 해서 알아낸 성과는 나쁘지 않았다.

일단 석탄 화력 발전소가 실제로 추진되고 있다는 건 사실이었다.

민간에서 주도하고 정부의 투자금까지 받아서 진행되는 것까지 조사해 온 강태학.

다만 L&S 건설과 계약한 것을 알아오기는 힘들었다.

어차피 지금에 와서 그건 큰 의미가 없었다.

결국, 조작이라는 걸 유승민이 간접적으로 인정했으니 말이다.

'안재현….'

이곳에 오면서 민호는 안재현을 떠올렸다.

안재현은 첸다 그룹의 인맥을 이용해서 가짜 계약서를 급조했다.

은밀하게 입찰했기에 유찰되었던 상황이 알려지지는 않았지만, 다시 입찰 날짜가 도래하고 있었다.

그 날짜에 맞춰서 민호가 이곳에 당도한 것이다.

HOLIC : 그의 직장 성공기

152회. 못 먹는 감 찔러보기

민호가 첸다 그룹을 찾은 그 시각.

JJ 사모펀드에서는 큰 지각변동이 일어났다.

방정구의 자신감 넘치는 걸음걸이가 회의실로 이동하면서 변화의 실체가 드러났다.

방정구는 늘 그렇듯이 입에 웃음을 매단 채로 회의 석상에 등장했다.

저벅… 저벅… 저벅…

걸음걸이 자체의 무게감이 있는 것은 아니었지만, 모인 사람은 잘 알고 있다.

방정구의 웃음 뒤에 감추어진 무게감을.

가끔 던지는 폭탄 같은 소식은 그들을 몇 번이나 어리둥절하게 만들었다.

그래서 지금 그가 입을 열 때.

모두의 귀가 쫑긋거리며 주의를 기울였다.

"오늘 첫 번째 회의안건은 JJ 사모펀드의 대표직 해임안입니다."

그 이야기를 듣고 한 사람의 몸이 부르르 떨렸다.

여기에 처음 오는 사람이라도 몸을 떤 사람은 방정구가 이야기한 해임안의 주인공이라는 걸 알 수 있을 정도였다.

이윽고 방정구가 여전히 웃는 얼굴로 방금 몸을 떤 사람을 바라보며 입을 열었다.

"손 대표님. 죄송하지만, 잠시 미국으로 돌아가셔야 할 것 같습니다."

"네… 알겠습니다."

손 대표라고 불린 60대 노신사는 올 것이 왔다는 표정으로 고개를 숙이며 대답했다.

해임당했지만, 미국에 자신의 자리가 있을 것이다.

당연히 그대로 받아들이는 게 신상에 좋았다.

은퇴할 때까지 자신에게 주어지는 연봉을 곱게 타 먹으려면 말이다.

그런데 그의 귀에 또 울리는 방정구의 웃음 띤 목소리.

"손 대표님!"

"……."

일단 회의장에서 퇴장해주십시오."

"……!"

마지막 자신의 퇴장을 아름답게 만들어주지 않는 방정구의 축객령.

하지만 일어서지 않을 수 없었다.

미국에 있는 존슨 회장이 방정구를 얼마나 많이 아끼는지 그는 잘 알고 있었기 때문이다.

아끼는 것과 신임하는 것은 달라서, 자신이 방정구보다 더 위라고 생각했는데, 그건 착각이었다.

씁쓸하게 퇴장하는 손 대표.

떠나는 그의 등 뒤를 바라보며 남은 사람들 역시 미래의 저 모습이 되지 않기 위해서 최선을 다해야 한다고 생각했다.

그들의 시선은 곧바로 방정구에게 이동했다.

방정구가 다시 입을 열었기 때문이다.

"분위기가 좀 어둡네요. 원래 이런 분위기의 회의를 좋아하는 건 아닙니다. 항상 저처럼 웃으셨으면 좋겠습니다."

그를 보던 사람들이 모두 얼굴에 쓴웃음을 지었다.

지금 상황에서 웃음을 강요하다니.

그렇다고 웃지 않을 수도 없었다.

이제 손 대표가 떠나간 상황에서 방정구의 파워는 한국에서 최고였다.

그의 말 한마디로 한국 내에 인사정책이 바로 바뀔 것이다.

자본주의의 최고봉, 미국의 대표 그룹.

그곳에서 파견한 새로운 독재정책인가.

어찌 보면 참 역설적이었다.

그러나 사실 미국 본토에서는 이런 분위기가 아니었다.

받아들이는 JJ 사모펀드의 한국 임원단들이 문제였을 뿐.

방정구는 그처럼 생각하며 미소 속에 경멸의 빛을 담았다.

힘 있는 자에게 약하고, 약한 자에게는 한없이 강하다.

그게 아닐 것이다. 항상 자신이 조직을 움직였고, 자신에게 의존하는 심정이 강해서 조용히 있는 것이다.

라고 스스로 자문해보면, 고개를 흔들 수밖에 없는 그 상황!

바로 지금 시험해보면 알 수 있었다.

"그래도 안 웃으시네. 저처럼 웃어주세요. 하하하."

"하하…."

"하하하…."

억지웃음이 터져 나오기 시작했다.

역시 그의 생각이 옳았다.

이들은 그저 자리를 채우는 꼭두각시일 뿐이었다.

그들을 바라보는 방정구.

정체를 알 수 없는 웃음을 보이며 곧 첫 번째 안 건과 밀접하게 관련된 두 번째 안건을 말했다.

"JJ 사모펀드의 신임 대표님은 장규호 이사입니다."

그 말이 끝나자 사람들은 손을 잠시 올렸다.

강렬한 축하. 그 표시인 손뼉을 치기 위해서였다.

그런데 오늘 이 자리에 장규호는 아까부터 보이지 않았다.

혹시 신임 대표 발표에 맞춰서 등장하지 않을까 입구를 바라보았지만….

"장 대표님은 어제 인도네시아로 출장을 가셨습니다. 해야 할 일이 있어서요."

방정구는 여기까지 말하고 잠시 말을 끊었다.

웃음 띤 얼굴로 주변을 둘러보았다.

혹시나 이들에게 질문이라도 나오지 않을까 생각했는데, 역시나 이들은 지극히 수동적인 사람들이었다.

세상은 변했고, 한국인들도 자기표현에 점점 강해지고 있다던데….

'다 갈아야 하나?'

갑자기 회의 석상에 앉아 있는 사람들에게 주는 돈이 점점 아까워졌다.

자기 돈이 아닌 그룹 회장 존슨의 돈이지만, 왠지 모르게 그들에게 투자하기는 싫었다.

하긴 거의 모두 급조한 사람들이다.

현지화한다고 여기저기서 관피아, 정피아 말 듣는 사람들을 끌어모았던 게 이 모양 이 꼴이 되어버렸다.

물론 이들을 끌어모은 건 조금 전까지 JJ 사모펀드 수장 자리에 앉았던 손 대표.

　이미 방정구가 한국에 귀국했을 때에는, 어중이떠중이 다 모인 상황이었다.

　그래도 믿었다.

　손 대표는 한국뿐만 아니라, 미국에서도 어느 정도 능력을 보여주었던 사람이었기에.

　에이스 그룹 회장, 존슨이 손 대표를 사모펀드의 수장으로 괜히 임명한 것은 아니었다.

　하지만 그 믿음이 곧 실망으로 변한 건 지난 몇 개월.

　성혜 마트에는 속수무책으로 당했고, 그것을 수습하는 동안 방정구가 여기저기 뛰고 있을 때, L&S 건설의 주식을 쓸어모으는 미친 짓을 벌였다.

　- 굳이 L&S 건설을 인수할 필요가 있습니까?

　굳이 L&S 건설을 욕심낼 필요가 있을까?

　그 속 뜻은 작은 것이 아닌 큰 그림을 그리자는 의미.

　즉, L&S가 아닌 성혜 그룹 전체를 먹자는 것이었다.

　어쨌든, 그렇게 방정구가 웃으면서 손 대표에게 이유를 묻자 대답하기를….

　- 돈 되는 건 뭐든지 하라고 회장님께서 말씀하셨네.

　방정구는 어이가 없었다.

　그 말은 틀리지 않았다.

　실제로 에이스 그룹의 존슨 회장은 손 대표에게 권한을

주면서 그렇게 말했으니까.

그러나 돈 되는 일을 하라고 했지, 돈을 버리는 일을 하라고 하지는 않았다.

그게 서쪽으로 '지는 해' 손 대표의 패착이었다.

그리고 한국 내에서 최종 권한이 방정구에게 이전되는 계기가 되었다.

새롭게 '뜨는 해' 방정구는 손 대표를 끌어내리는 기회를 잡았고, 이 일에 대해서 존슨에게 곧바로 보고했다.

그동안 참고, 참고 또 참으며 단 한 방에 잡은 기회를 통해!

오늘 손 대표의 해임을 이루어냈다.

이제 그가 싸지른 똥을 방정구가 빨리 수습하는 길밖에 없었다.

이게 힘들었다.

그나마 L&S에 들어간 돈이 아까워 인수하는 것을 포기할 수 없었기 때문에, 방정구는 다시 머리를 짜내야만 했다.

짜증이 났다.

손 대표가 제대로만 했다면, 장규호를 인도네시아에 보내서 무리수를 쓰지는 않았을 텐데….

'어쩔 수 없지. 맘에 들지는 않지만… 장규호가 조금이라도 김민호의 발에 걸리적거리기를 바라는 수밖에….'

여전히 웃음을 지우지 않는 방정구의 속이 타들어 갔다.

같은 시각.

성혜 그룹 회장실에서 신지석은 안재현에게 현재 상황에 대해 보고를 하고 있었다.

신지석이 자신의 능력을 뽐내는 길은 사실 정보 취합 능력이었다.

그러나 요즘 그마저도 새로 온 김명철에게 밀리고 있었다.

다행히 안재현은 신지석에게 새로운 조직을 만들라고 명령했다.

이른바 찌라시 공장.

여의도에도, 종로에도 있는데, 강남 테헤란로에도 하나 있어야 하지 않겠는가?

이게 안재현의 생각이며, 이용근도 동조했고, 그 적임자로 신지석이 지명되었던 것이다.

신지석은 원래 자신의 정보통을 정식 조직으로 구성할 수 있었으며, 드디어 그들의 활약으로 여러 정보가 속속들이 만들어지고 있었다.

"김민호가 신혼여행을 인도네시아로 결정한 배경에는 석탄 화력 발전소가 있었습니다. 재밌는 것은…."

"……."

"장규호라는 사람도 인도네시아로 출국했다는 사실입니다."

그 말을 듣고 안재현의 뱀눈이 번뜩였다.

장규호라는 이름은 올해 몇 번 들어봤다.

글로벌 푸드의 대표로 내정되었던 인물이었지만, 급작스럽게 하차한 배경이 꽤 궁금했었다.

나중에 그가 JJ 사모펀드와 연관이 있다는 소식을 듣고 안재현의 머리에 여러 가지 밑그림이 그려졌다.

거기다가 지금!

그가 인도네시아로 출국한 이유가 짐작이 갔다.

민호의 일을 방해하는 것.

안재현의 입가에 가로 선이 그어졌다.

그건 희미한 미소였다.

"그렇단 말이지?"

"네, 그렇습니다."

"궁금하군. 어떤 일이 발생할지."

진짜 궁금했다.

JJ 사모펀드에서 어떤 식으로 민호를 방해하며, 민호는 어떻게 그것을 막아낼 것인지.

이번엔 제3자적 관점에서 지켜보기로 마음먹은 안재현.

그의 얼굴에 깃든 희미한 미소가 점점 진해지고 있었다.

民호가 첸다 그룹을 찾았을 때, 비서 하나가 그를 접견실로 안내했다.

　안내하는 비서의 분위기는 매우 딱딱했고, 심지어 접견실의 분위기 역시 경직되어 보였다.

　접견실에 도착해 잠시 기다려달라는 말을 할 때에도 절도 있어 보였던 비서.

　민호는 곧 그 이유를 그의 스마트폰을 통해 알아냈다.

　쉬지 않고 계속해서 새로운 '톡'을 양산하는 스마트폰을 열었을 때, 이미 많은 정보가 와 있었기 때문이다.

　- 첸다 그룹의 부사장 푸칸은 군부 출신입니다.

　- 인도네시아에서는 에너지와 자원 쪽 그룹에서 군부 출신을 끼지 않으면 사업하기 힘들어요.

　- 그리고 생각이 경직되어 있어서, 민호 오라버니랑 안 맞아요. 자유로운 영혼이신데, 그 사람은 아주 철저하게 기계식이거든요.

　마지막은 강성희의 '톡'이었다.

　단톡방에서의 대화.

　여기 구성원은 민호와 찌라시 방의 정보 담당들이 포함되었다.

　민호는 강성희의 말에 미소를 지으며 바로 반박했다.

　- 그렇지 않을 걸요? 오늘 저는 완전체입니다. 최소한

푸칸은 저에게 호감을 갖고 이야기를 하기 시작할 겁니다.

– 그건 무슨 말씀????

– 그런 게 있어요.

설명해줘도 모르고, 설명할 수도 없었다.

유미와 하룻밤을 보낸 다음 날 민호의 호감 능력은 극대화된다.

그것을 이야기해줄 수 없기에, 민호는 웃으며 단톡방을 주시했다.

여전히 정보는 빠르게 갱신되는 중이었다.

– 어쨌든, 푸칸이 정관계에 막대한 영향력을 끼치고 있는 거 아실라나? 아마 그것 때문에 리베이트라는 말을 마구 남발하던데… 그 말을 녹취해도 아아아무~ 상관이 없읍죠 ㅋㅋㅋ

– 현재 첸다 그룹이 인도네시아 에너지 산업을 좌지우지하게 된 것도 걔 때문 아녀?

– 맞아, 맞아. ㅋㅋㅋ

정보란 조금만 가공해도 재산이 된다.

그렇게 따진다면, 민호는 현재 엄청난 부자였다.

대한민국에서 정보라면 톱의 위치에 있는 종로 찌라시 공장을 밑에 두고 있으니 말이다.

문제는 가끔 이들이 샛길로 샌다는 것.

민호가 중간에 단도리를 하지 않으면 이상한 이야기로 흘러간다.

지금도 그랬다.

– 야, 너 저번에 조민아 신상 턴 거 왜 유출한 거야? 나
의 여신인데.

– 네 여신이든 말든 간에 그때 그걸 터트려야 여의도에
서 나온 찌라시를 덮을 수 있었어, 짜샤!

조민아는 인기 걸그룹의 리더.

그녀의 스캔들이 터지면서 지난번 L&S 조작설이 살짝
잠재워지기는 했다.

그것을 주장하는 강성희였는데, 재빨리 민호가 톡을 쳤
다.

– 그만, 그만! 지금 그 이야기 말고… 푸칸이 가장 원하
는 걸 빨리 알려주세요.

– 당연히 그가 원하는 건….

HOLIC : 그의 직장 성공기

153회. 건설회사 인수

첸다 그룹의 부사장, 푸칸은 군부 출신 중에서 가장 잘 나가는 사람 중 하나였다.

진한 눈썹과 당당한 체구는 나이가 들어서도 자기 관리가 철저하다는 증거였다.

그의 귀에 비서의 목소리가 들렸다.

"김민호라는 분이 아까 와서 기다리십니다."

고개를 끄덕인 푸칸.

하지만 민호가 기다리고 있다는 그 말에도 몸을 일으키지 않았다.

그는 잠시 생각했다.

미리 약속했던 글로벌 그룹의 김민호.

글로벌도, 그리고 김민호라는 이름도 다소 생소하게 느꼈는데, 지금은 그 두 이름에 대해 부정적인 인식이 들기 시작했다.

– 리베이트를 매우 싫어합니다. 아직 어려서 그런지…, 더군다나 얘가 상명하복을 아주 물로 봅니다. 제가 잠깐 글로벌에 있었을 때, 어찌나 말을 안 들어 먹던지….

사실 푸칸은 점심에 옛 인연이 있던 장규호와 식사를 끝냈다.

민호에 대해서, 그리고 글로벌에 대해서 많은 이야기를 들었다.

특히, 군부 출신답게 규율과 상명하복을 매우 중요시하는 푸칸이 제일 싫어하는 면을 장규호가 언급했다.

더구나 리베이트를 싫어한다는 점.

직접 확인까지 해준다면서 긴다 그룹의 한 중역의 이야기를 들려주었다.

당시 한국에 갔다가 리베이트 한 푼 받지 못해서 돌아왔다는 그 중역, 까르타.

까르타 역시 군부 출신이라서 푸칸은 그를 잘 알았다.

장규호가 자신이 아는 사람에 대해서 거짓말을 할 리는 없다고 생각했다.

그렇다면 김민호는 아직 세상 물을 제대로 먹지 못한 애송이라는 이야기였다.

가끔 이런 관행이 왜 필요한지 아무것도 모르는 존재!

깨끗한 척하고 기존 질서를 부정하며, 그러다가 위기 상황에서는 겁쟁이가 되어버리고 마는 온실 속의 화초!

민호에 대한 부정적인 인식이 한껏 올라와 있는 상태였다.

- 제 말을 못 믿겠거든, 만나자마자 리베이트 이야기를 한 번 던져보십시오. 바로 거부 반응을 일으킬 겁니다.

장규호는 마지막으로 민호에 대해서 이렇게 조언했다.

그의 말대로 이행해볼 만하다고 여긴 푸칸이다.

느긋하게 일어서서 천천히 민호가 있는 접견실로 가는 그의 머리에 '리베이트'로 그를 시험해보고자 하는 마음이 가득 들어차 있었다.

문을 열었을 때, 과연 젊은 애송이가 자신을 보고 일어섰다.

"처음 뵙겠습니다. 글로벌 경제연구소장 김민호입니다."

어차피 리베이트가 우선이었다.

인사도 대충 받을 심산이었던 푸칸은 그가 한국식으로 고개를 숙이는 걸 보고 얼굴을 굳혔는데….

"아, 저도 처음 뵙겠습니다. 첸다 그룹의 부사장 푸칸입니다. 하하하."

이게 웬일일까?

자신도 모르게 그에게 친절한 인사말이 나왔다.

원래 생각했던 의지가 자신을 배반한 것은 아니었다.

"지금 김 소장을 보니… 젊은 게 좋아요, 젊음이 부럽네요. 아… 갑자기 그런 생각이 들어서. 제 젊은 시절 생각도 나고. 하하하."

"그렇습니까? 저도 부사장님이 남 같지가 않습니다. 사실 제 장인어른이 군인 출신이십니다."

완벽게 구사하는 인도네시아어에 광채가 나는 얼굴로 장인이 군인이라는 말까지 했다.

호감도가 점점 플러스 알파가 되어가고 있었다.

아까 장규호가 한 말이 머릿속에서 하나씩 하나씩 사라져갔다.

더구나, 다음과 같이 자신을 기분 좋게 해주는 말도 한몫했다.

"이렇게 반겨주시니 정말 기분 좋습니다. 인도네시아는 이번이 두 번째인데, 올 때마다 좋은 인상을 받습니다. 하하하."

"그래요? 그렇다니… 정말 다행이네요. 제가 좋은 인상을 준 셈 아닙니까? 하하하."

이게 어딜 봐서 싸가지가 없다는 것일까?

사람마다 스타일이 다른 것일 수도 있었다.

장규호와 김민호가 정반대의 성향을 가지고 있을지도 몰랐다.

사실은 지금의 민호는 호감 덩어리일 수밖에 없었다.

어젯밤 유미의 버프를 잔뜩 받은 상황.

거의 사기 수준이었다. 자신을 보는 모든 사람에게 호감을 줄 수 있으니 말이다.

그래도 이게 최면 능력은 아니었다.

이제 푸칸은 다시 정신을 가다듬었다.

아무리 민호가 호감일지라도, 사업할 때 본연의 모습으로 상대의 회사를 보려고 노력했다.

인간관계와 비즈니스는 또 다르니까.

장규호가 이야기하기를 민호는 자신에게 석탄 화력 발전소를 언급할 의도라고 했다.

그래서 일단 푸칸은 알면서도 화두를 꺼냈다.

"글로벌 그룹에서 왜 저를 보자고 하셨는지 모르겠습니다."

아니나 다를까, 민호는 단도직입적으로 그 이야기를 꺼내기 시작했다.

"지난번 석탄 화력 발전소의 1차 입찰이 유찰되었다는 소식을 들었습니다."

"네, 맞습니다. 마음에 드는 곳이… 딱히 없었습니다."

"제가 알기로 당시에 L&S 건설이 가장 유력했다고 들었습니다."

민호의 말이 맞긴 했다.

급하게 안재현이 첸다 그룹을 L&S 건설과 이어주었던 당시.

다른 회사보다 기술력에서 앞섰기에 L&S가 가장 유력

한 건 사실이었다.

실제로 최종 입찰에서 L&S 건설을 만지작거렸지만….

푸칸이 반대했다.

리베이트가 너무 적었다.

거기다가 후불이었다.

갑자기 그 생각이 나자 이제야 푸칸의 머리에 리베이트가 떠올랐다.

민호를 만나자마자 리베이트 이야기를 하기로 했는데, 갑자기 호감도가 상승하며 쏙 들어가버렸었는데….

"리베이트가 너무 적더군요. 그것도 후불로."

그래서 그 이야기를 꺼내며 민호의 표정을 살펴보았다.

그러자 민호는 미소를 지었다.

인도네시아에서 리베이트라는 단어를 공공연하게 말한다더니, 사실이었다.

"너무 적으면 안 되죠. 그것도 후불로. 이제야 이해가 가네요."

"네, 바로 그 이유 때문입니다."

푸칸의 얼굴에도 미소가 진해졌다.

다른 그 누구보다도 그는 리베이트 이야기를 공공연하게 꺼내고 다닌다.

이것이 위험한 언행이다?

절대 그렇지 않았다.

오히려 이걸 짚고 가는 외국 기업들은 인도네시아 기업들의 표적이 된다.

인도네시아 그룹들에 그 기업들의 소문이 돌면서 다시는 거래하지 않는다고 엄포를 놓는다.

그렇기 때문에 이런 관행이 더 만연한 중국 쪽 기업이 최근 인도네시아에 수주를 받을 확률이 높아지고 있었다.

기존의 일본과 한국에 이어, 중국이 들어오면서 인도네시아 기간산업에 3파전 펼쳐지는 양상.

지난번에도 일본과 한국, 그리고 중국 기업의 3파전이 이루어졌다.

"사실 일본은 신생 기업이라 불안했고, 중국 쪽이 리베이트를 가장 많이 제시했죠. 하지만 기술력 때문에… L&S는 인도네시아에서 잘 알려진 그룹이라 기회를 주려고 했는데…"

푸칸이 군부 출신이기도 했지만, 원래 에너지 쪽에 일하는 사람들은 매우 보수적이었다.

되는 기업이 된다!

이런 이야기가 괜히 나오는 게 아니었다.

L&S 건설도 괜히 사명을 유지한 게 아니었다.

말로는 정통성을 부르짖어도, 밖으로, 특히 외국에는 L&S로 쌓은 인지도를 쉽게 버릴 수 없었기에 그 사명을 고수했다.

이제 푸칸의 머릿속에는 자신에게 제공될 돈을 슬슬 떠올렸다.

이 정도 이야기했으면, 민호의 입에서 리베이트가 나와야 하는데….

"기술을 이전하겠습니다."

"……!"

"둘 중 하나를 선택하시면 됩니다. 리베이트냐, 아니면 기술 이전이냐."

민호가 제시한 조건에 눈을 크게 뜬 푸칸.

그럴 수밖에 없었다.

아무리 개인적인 욕심이 큰 그였을지라도, 나라에 대한 충성심 하나로 오랫동안 버텨왔던 군부 출신이다.

인도네시아에 플랜트 기술이 좀 더 업그레이드된다면?

나쁘지 않은 선택이었다.

사실 이건 자기 합리화였다.

개인적인 욕심에서도 기술 이전은 엄청난 떡밥이었으니까.

첸다 그룹의 가장 높은 자리를 노려왔는데, 기술 이전이라는 것을 내세운다면 좀 더 유리한 고지를 점령할 수도 있었다.

그의 고개가 끄덕여지며,

"기술 이전으로 하겠습니다."

후자를 선택하는 이유였다.

그 대답을 들은 민호의 얼굴에 미소가 깔렸다.

다른 세부 사항을 조율하고 업무를 완료한 그 시점.

차를 제공해주겠다는 푸칸의 뜻에 고개를 끄덕였다.

인도네시아에서 상대의 호의를 받아들이는 것은 그에 대한 예의였다.

이것을 이미 예상하고 인도네시아 지사에서 차를 내준다는 걸 거절한 민호였다.

자신의 앞에 차가 왔을 때, 민호는 푸칸에게 정중히 인사했다.

"배려 감사합니다."

"아닙니다. 오늘 제가 더 감사했습니다."

자기가 더 감사하다.

짙은 눈썹의 사나이, 푸칸은 그렇게 말했다.

그리고 그게 끝이 아니다.

"비서에게 말해놓았습니다. 호텔까지 좀 돌면서 가시게 될 겁니다."

민호를 태우는 차에 기사를 대동시키면서 하는 말.

민호는 그 말이 무엇을 의미하는지 잠시 후 알게 되었다.

차의 속도가 점점 느려지고 민호의 시선이 밖으로 이동했을 때, 그는 보았다.

하천과 주변의 가득한 쓰레기들.

그리고 그 하천 위로 무너져가는 가옥들에서 깡마른 아이들이 쏟아져 나오면서 그 더러운 물에 몸을 담그는 것을.

빈곤이라는 의미를 이렇게 정확히 눈으로 바라보기는 처음이었다.

그의 생각을 읽었을까?

민호를 태운 비서의 목소리가 들렸다.

"모든 게 부족하죠. 음식, 옷, 살 집…."

"그렇군요."

"저도 저곳 출신입니다."

"……."

비서는 자신의 출신을 이야기했다.

개천에서 용 났다는 것을 강조하는 것일까?

아니다. 민호는 그 음성에서 자신감을 느끼기보다는 저곳에 대한 연민을 감지했다.

슬픈 듯, 아쉬운 듯.

비서의 목소리가 주는 메아리는 계속되었다.

"한국이 저와 비슷한 모습이었다고 들었습니다."

민호는 고개를 끄덕였다.

사실 그는 한국의 극빈한 시절을 겪지는 못한 사람이었다.

하지만 자카르타의 슬럼가를 보면, 확실히 느낄 수 있었다.

빈곤이 주는 정신적 황폐함.

그래서 저 빈곤함을 완전히 바꾸어 놓고 싶다는 마음이 솟아났다.

민호만 그 마음을 느끼는 건 아닐 것이다.

비서 역시, 그리고 비서를 보낸 푸칸 역시 비슷한 마음이리라.

"부사장님도… 저곳 출신이시고요."

"……."

"그래서 바꾸고 싶어 하십니다."

민호는 그 말을 듣고 고개를 끄덕였다.

이제야 여기에 잠시 들르게 한 푸칸의 의도를 알게 되었다.

이것은 기술이전에 대한 호의이자 부탁이었다.

만약 첸다 그룹에서 이곳을 개발하게 된다면, 주도적으로 참여할 수 있도록 힘쓰겠다는 호의.

그때에는 슬럼가를 완전히 변모시킬 수 있도록 힘을 써 달라는 부탁!

호텔로 돌아와서 다시 한 번 사업구상을 하게 되는 민호였다.

✤

같은 시각.

재권은 프리머스 호텔 비즈니스 룸에서 민호가 다 만들어 놓은 밥상에 마지막 숟가락을 꽂을 준비를 하고 있었다.

오늘 그는 이곳으로 자신의 큰 매형, 유민승과 누나, 안수현을 불러들였다.

지난 몇 차례의 협상 끝에, 오늘 최종 협상이 마무리되기를 기대하는 상황인데, 가능할지는 알 수 없었다.

그때 그의 전화기가 울렸다.

인도네시아에서 온 전화, 즉, 민호였다.

재권의 얼굴에 미소가 들어가기 시작했다.

(형님, 성공했습니다.)

"고생했다. 남은 시간 재미있게 즐기고 와라. 하하하."

그의 미소는 파안대소로 끝마치게 되었다.

잠시 후 유민승과 안수현이 들어왔을 때, 재권의 표정에 새겨진 자신감.

드디어 L&S 건설이 글로벌에 인수되는 순간이었다.

HOLIC : 그의 직장 성공기

154회. 온천에서

한국에서 글로벌 그룹의 L&S 건설 인수가 언론사의 뉴스를 장식할 때, 민호의 신혼여행이 본격적으로 시작되었다.

특히 재권은 기분이 좋았는지, 민호에게 남은 일정을 재미있게 보내라고 했다.

실제로 신혼여행 일체의 비용이 모두 회사가 비용 처리하기로 했으니, 민호 입장에서는 비싼 것을 즐기지 않으면 오히려 손해였다.

그런데 유미가 협조하지 않았다.

그녀가 민호를 끌고 다닌 곳은 주로 인도네시아의 서민 이하 계층이 이용하는 식당이었다.

신혼여행 4일째 되는 날.

뭔가 볶음밥 비슷한 것이 식당에서 나오자 민호는 슬픈 눈으로 그것을 바라보았다.

계란 후라이 밑에 한국의 쌀보다 더 긴 걸로 했는지, 길죽하게 볶은 밥이 기름기를 먹으며 동그랗게 쌓여 있었다.

그 안에 당근과 야채가 있었고, 볶음밥 옆에는 우리나라의 뻥튀기 비슷한 것이 몇 개 놓여 있었다.

민호의 입맛이 까다로운 것은 아니다.

하지만 최근에 맛본 것이 종종 전혀 그의 입에 맞지 않으니, 지금의 음식 또한 입으로 가져가기가 망설여졌다.

민호는 결국 불만을 토로하기 시작했다.

"유미야, 아기한테 과연 이런 음식이 좋을까?"

유미는 민호의 말을 듣기 전에 벌써 한입에 먹거리를 넣고 조용히 맛을 음미했다.

심지어 눈까지 감았다.

그녀는 이곳에 와서 한 가지 더 느낀 점이 있었다.

민호와 하룻밤을 보낸 후 그녀의 미각은 더 완벽해진다는 점이다.

지금도 입안에서 절대 미각이 활약하는 중이었다.

모든 재료가 알아서 분석되었고, 그것이 차곡차곡 그녀의 미각 저장소에 쌓였다.

잠시 후 음식을 꿀꺽 넘긴 후에 눈을 뜬 유미.

민호를 보면서 조용히 웃었다.

"그게 나시고렝인데, 인도네시아식 볶음밥이라고 생각하면 돼. 그리고 말했잖아. 여기 있는 사람들도 다 먹는데, 우리라고 못 먹겠어? 이왕 인도네시아에 온 거 여기 사람들이 뭘 좋아하는지 다 맛보고 가는 게 목표야."

저렇게 예쁘게 웃으면서 말하면 어떻게 불평을 이어나가겠는가.

민호 역시 억지웃음을 지으며 말할 수밖에.

"그… 그렇지? 하하하. 재권이 형이 참 좋아하겠어?"

신혼여행이 비즈니스를 겸했기에 비용처리를 해주겠다던 재권.

하지만 생각보다 훨씬 적은 금액이 나올 테니, 회사 지출에 큰 공헌을 유미가 세우는 셈이었다.

그때 갑자기 민호의 머릿속에 떠오른 아이디어.

먹거리를 비싼 쪽으로 선택하지 못할 바에야, 여행 그 자체를 즐기면 되는 일이었다.

"아, 맞다. 재권이 형이 꼬오오옥! 가보라는 곳이 있었다."

"응? 어디?"

"기억해? 작년에 우리가 왔을 때 팜 농장 인수에 대해서. 수마트라 섬을 꼭 살펴보라고 했단 말이야."

거짓말은 아니다.

작년 인도네시아에서 팜유를 대량 수입해서 톡톡히 재미 본 글로벌에서는 신규 사업으로 인도네시아 농장 매수 건이 걸려 있었다.

이것은 유미도 잘 알고 있는 일.

당연히 민호의 말에 고개를 끄덕일 수밖에 없었다.

다만 이번 신혼여행에 가보라는 이야기는 아니었다.

굳이 민호가 해야 할 필요도 없었다.

하지만 민호는 꼭 가야 한다며 당장 비행기 편을 알아보기 시작했다.

일사천리로 진행된 상황.

민호는 남은 일정, 드디어 수마트라 섬에서 유미와 함께 정취를 즐기게 되었다.

인도네시아의 5월.

청명한 하늘이 민호의 눈앞에 펼쳐질 때, 그는 유미와 함께 미리 예약한 6인승 승합차에 몸을 실었다.

의사소통에는 전혀 문제가 없었다.

이제 민호의 입에서 나오는 인도네시아 말은 현지인도 놀랄 정도로 완벽에 가까워졌으니.

옆에서 쳐다보는 유미의 눈에 자랑스러움이 물들 때마다 민호의 기분은 한층 들떠있었다.

승합차가 꼬불꼬불한 산길을 따라 들어갔을 때, 민호는 이곳의 정경이 눈에 익었다.

민호의 기억 세포는 아득히 먼 옛날까지 되돌아보고 있었다.

동물의 왕국, 내셔널 지오그래피 등등.

열대우림이 만들어낸 다큐멘터리의 배경이 바로 이곳

이라는 걸 이제야 깨달았다.

중간중간 시골 마을 구경하는 것도 꽤 재미있었다.

마치 전통이 아닌 야생을 보는 느낌.

옆에서는 유미가 자신의 어깨에 머리를 기대었다.

이것이 안빈낙도다.

그렇게 생각하자, 민호의 얼굴에 저절로 웃음꽃이 필 수밖에 없었다.

그 모습을 보던 승합차 기사 역시 같이 웃었다.

그는 말이 없는 줄 알았더니, 이제야 민호와 유미에게 말을 붙이기 시작했다.

"신혼여행 오셨나 봅니다."

"네, 하하."

"그렇군요. 한국인?"

"네, 맞습니다."

민호와 유미가 한국말로 대화하는 것을 듣고 알아차렸을 것이다.

그렇다면, 이곳에 한국인이 꽤 많이 온다는 증거.

민호는 신혼여행도 신혼여행이지만, 투자 목적으로 많은 한국인이 최근 방문한다는 것을 잘 알고 있었다.

아니나 다를까, 기사 역시 그 말을 언급했다.

"요즘 한국인들하고 일본인들이 많이 와요. 아, 중국인들도 꽤 오는구나. 여행도 많은데… 팜 농장 때문에 오는 사람도 많아졌죠."

원래 수마트라는 자연과 팜 농장으로 유명한 곳이다.

특히 수마트라의 국립공원 세 개는 세계 자연유산으로 지정되어 있었다.

따라서 여행객과 투자자들이 자연스럽게 섞여 있었으니, 기사가 저런 말을 하는 것은 매우 당연했다.

거기다 기사의 말을 증거로 하듯이 잠시 후 브라스따기라는 곳에서 한 노부부가 합승했는데, 그들은 처음 민호와 유미를 보며 친근하게 대했다.

신기하게도 해외에 나가면 한국인은 한국인을 알아본다.

노부부 역시 민호와 유미가 한국인이라는 걸 알아보고 말을 붙이다가 이곳에 온 목적까지 꺼냈다.

"이 사람이 퇴직하고 10년이 지났거든요. 아무 할 일 없이 빈둥거리다가… 한국에서 최근에 부동산으로 재미 못 보지 않수? 그래서 아는 사람이 요즘 인도네시아 팜 농장에 투자하는 게 노후 대비에 좋다고…."

"말씀 낮추세요, 할머니."

"아, 그럴까?"

유미의 말에 할머니는 곧바로 인자한 웃음을 지었다.

사근사근한 유미에다가 호감 가는 민호의 모습을 보니 자신들의 젊었을 적 모습을 떠올리는 것처럼 보였다.

민호와 유미도 산길을 따라, 그리고 가끔 들르는 마을을 보며 눈이 정화되는 걸 느꼈다.

같이 탄 할머니와 할아버지도 이국적인 정취와 문화에 매료된 것 같았다.

할머니와 비교하면 할아버지는 무뚝뚝하고 말이 없었는데, 특히 낯선 사람과는 이야기를 잘 안 하는 것인지, 입을 굳게 닫고 있었다.

그러다가 열대 우림을 지나 다시 어떤 마을이 나오기 시작되자 자신의 아내에게 말을 걸었다.

"여기가 고산족이 많이 살던 곳이야."

"아, 그래요?"

"응. 한 번 봐봐. 고산족의 아주 독특한 문화가 살아있어."

민호는 그가 입을 열자마자 나오는 말투를 보며 지식인이라는 것을 느꼈다.

역시 그의 예상대로 할머니가 자랑스럽다는 듯이 남편 자랑하듯 유미에게 말했다.

"이 양반이 한국대학교 인류학과에서 학생들을 가르쳤거든…."

"어쩐지 단어 하나하나에 학식이 담겨 있는 것 같았어요."

"정말? 그렇게 보였어?"

"네, 정말이에요."

유미의 말에 슬쩍 듣고 있던 할아버지도 기분이 좋았던 모양이다.

희미한 미소가 그려지는 게 민호의 눈에 보였다.

다른 사람의 기분을 좋아지게 할 수 있는 여인.

그녀가 자신의 아내가 되었다는 게 정말 기분이 좋았다.

기분 좋은 것은 또 있었다.

할머니의 할아버지 자랑만 들은 게 아니라, 유미 또한 민호에 대해서 은근히 자랑하기 시작했다.

"영어도 잘하지만, 인도네시아 말도 현지인처럼 해요. 거기다 벌써 대기업의 소장이죠. 사실 이번 여행도 회사에서 비용을 다 내준 건데…."

할머니가 둘이 뭐 하는 사람인지 물어보자 폭풍처럼 쏟아내는 민호의 찬송가.

금실 좋은 노부부 지고 싶지 않다는 승부욕일까?

어쨌든, 이런 점도 예쁘게 봤는지 할머니의 얼굴에 주름살 가득한 미소가 지어졌다.

잠시 후 목적지에 도착할 때까지 두 여인은 계속 이야기를 나누었다.

심지어 그들은 그 짧은 시간에도 정이 들었는지, 차에서 내린 후 아쉬워하는 목소리까지 냈다.

"아, 저쪽 호텔이시구나? 아쉽네요. 우리가 묵는 곳이면 같이 이야기하며 놀 수 있었을 텐데…."

"그러게. 오래간만에 아주 맘 맞는 젊은이들을 만나서 참 기분 좋았는데… 뭐, 나중에 인연이 되면 또 만나겠지."

그렇게 할머니는 인연을 말하며 이별을 고했다.

그리고 다음 날부터 신혼여행과 비즈니스를 겸해서 본격적으로 수마트라 섬 이곳저곳을 다니던 젊은 신혼부부.

민호는 이 행복한 시간이 더 느리게 갔으면 좋겠다고 기원했다.

낮에는 아름다운 자연경관에 현혹되었고, 밤이면 유미의 아름다움에 흠뻑 빠져들 수 있었다.

신혼여행을 3일 남기고 도착한 수마트라 섬의 명소, 또바 호수.

해가 저물 때 바다처럼 보이는 호수 앞에서 민호는 유미의 어깨에 손을 걸쳤다.

어찌나 넓은지 끝이 보이지 않았다.

더구나 호수에 비친 석양이 미풍에 흔들릴 때마다 잔잔하게 떨려왔다.

붉은빛과 푸른빛의 조화 위에 노 젓는 배가 몇 개 떠 있었는데, 배들이 이동하는 모습은 판타지 세계에서 보는 것 같은 신비한 광경을 자아냈다.

유미는 소녀처럼 호기심 넘치는 눈으로 이렇게 말했다.

"이런 모습 처음 봐. 정말 멋지다."

"그러게… 해가 지는 모습이 정말… 캬~ 죽인다. 그지?"

"응. 나중에 나이 들면 이런 곳 찾아서 여행하고 싶어."

"그럴 수 있을 거야. 자, 또바 호수도 봤으니까… 이제 이동해야지. 이제 3일 남았어. 다음 코스는 시바약 화산이야."

"응? 좀 있으면 해가 지는데…."

그녀의 반응에도 민호는 아무 말 하지 않았다.

유미의 손을 이끌고 차에 타며 인도네시아 말로 기사에게 도착지를 부탁했을 뿐.

차는 곧 이동하기 시작했다.

그때 유미는 보았다.

민호의 눈에 살짝 야릇한 기운이 감도는 것을.

잠시 후 왜 그가 그런 눈빛을 했는지 알게 된 유미.

그녀의 눈앞에 민호가 말한 시바약 화산이 어렴풋하게 보일 만큼 어둠이 깔린 밤.

둘 앞에 작은 호텔이 등장했다.

차에서 내려서 그녀의 귀에 민호는 속삭였다.

"내일 밤에 다시 자카르타로 가잖아. 어쩌면 오늘이 신혼여행 마지막 밤이야. 그래서 오늘은 좀 통 크게 빌렸어."

유미의 눈망울이 살짝 흔들렸다.

민호의 말뜻을 제대로 알아들었다는 것이다.

호텔을 통째로 빌렸다는 의미.

그런데 그렇게 빌릴 정도로 이 호텔의 가치가 높을까?

정답을 말하자면, '예스'다.

더 정확하게 말하자면, 호텔 안에 있는 유황온천이 유미의 얼굴을 발그레하게 물들이고 말았다.

"먼저 들어가 있을게…."

민호도 약간 쑥스러운지 낮은 목소리로 그녀에게 말했고, 유미는 조용히 고개를 끄덕였다.

잠시 후.

민호는 모락모락 김이 나는 물 안에서, 또 모락모락 김이 나는 가운데 인도네시아의 전통적인 흰색 옷을 입고 오는 유미를 볼 수 있었다.

민호는 그 옷의 정체를 이미 알고 있었다.

자카르타에서 속이 훤히 비치는 그 흰색 옷을 보며 꽤 야하다고 유미와 함께 킥킥거리며 샀던 게 며칠 전이었으니.

거기다가 유미가 물속으로 그 옷을 입고 들어왔을 때, 그리고 민호 앞에서 일어섰을 때!

민호는 이 세상 사람들에게 외치고 싶었다.

그냥 아무것도 안 입은 모습보다 물에 젖은 흰색 옷을 걸친 여인이 세상에서 가장 아름답고 섹시하다는 것을.

거기다가 모락모락 연기가 나는 가운데 맞는 수마트라 섬의 마지막 밤이다.

아무도 체험 못 할 이 멋진 허니문은 영원히 둘의 가슴에 박힐 것이다.

홀리
HOLIC : 그의 직장 성공기

155회. 원수는 외나무 다리에서 만난다?

황홀한 밤이었지만, 조심스럽게 유미를 다루느라 피곤했던 것일까?

눈을 뜨는 게 약간 힘겨웠다.

민호가 본능적으로 눈을 뜬 이유는 커튼을 치는 소리가 들렸기 때문이다.

이것은 사실 신호였다.

다름 아닌 유미가 자신을 깨우는 신호.

그래서 일어날 때 민호의 얼굴에 미소가 감도는 이유는 이제 그녀가 자신의 아내라는 것을 확연히 느껴서였다.

"자, 우리 신랑… 이제 일어나야지?"

"5분만 더 자면 안 될까?"

"그래, 그럼. 5분 후에 깨워줄게."

어떻게 하면 저렇게 예쁘게 말할 수 있을까?

최소한 그녀에게 자신의 어머니와 비슷한 잔소리는 듣지 않으리라 생각한 민호.

5분의 단잠도 더 자지 않고 그냥 일어섰다.

유미가 자신을 일찍 깨운 이유를 알았기 때문이다.

오늘 저녁 비행기를 타기 전에 수마트라 섬에서 마지막 일을 해야 한다.

경제연구소장인 민호.

자신의 위치에서 신수종사업에 대한 구상을 하루에 수백 가지도 넘게 하며, 가치를 평가하는 데 시간을 투자했다.

이미 머릿속에 팜 오일의 용도가 잔뜩 저장된 민호.

바이오 디젤, 식용유, 화장품과 아이스크림의 원료로서 다양한 팜유는 인도와 중국에서도 매년 12%씩 증가하고 있었다.

공급이 수요를 따라가지 못한다는 점에서 농장에 투자한다는 것은 나쁜 일이 아니다.

지난 며칠 동안 몇 개의 농장을 보고 때에 따라서는 계약까지 해 놓은 민호.

그날 오전도 나쁘지 않은 거래를 성사한 후 기분 좋게 식사를 하러 나왔다.

여전히 인도네시아 음식에 심취한 유미.

고급 호텔 음식을 먹고 싶었지만, 어쩔 수 없이 식당에 들러 식사를 거의 끝마쳤을 때, 한 무리의 사람들이 안으로 들어왔다.

나잇대가 70대 중후반으로 보이는 노부부.

그들은 그 나이에도 애정을 과시하는 것인지 손을 꼭 붙잡고 있었다.

민호는 잠시 옆에 앉아 있던 유미의 손을 꽉 잡았다.

늙어도 저렇게 늙고 싶었다.

서로 의지하면서, 죽기 전까지 손을 잡는 모습.

그래서 그녀의 손을 잡은 민호였는데….

"어?"

그의 입에서 약간 뜻밖이라는 말투가 새어나왔다.

자세히 보니 그 노부부는 며칠 전에 봤던 그 할머니와 할아버지였다.

유미의 시선도 그들에게 꽂히면서 입을 열었다.

"어? 할머니."

"젊은이, 여기서 또 만나네."

유미가 그녀를 부르자 할머니 역시 눈을 크게 뜨고 말했다.

하지만 곧 일행이 있었기에 다른 테이블로 건너간 노부부.

할머니를 따라 이동한 민호의 시선에 그 노부부 말고 다른 사람이 보였다.

뒤따라오는 인도네시아인과 또 한 명의 남자.

현지인의 말을 한참 듣고 두 노인에게 통역하는 40대 남자 역시 한국인인 것을 알 수 있었다.

한국인 특유의 발음은 통역할 때 늘 나타나는 법이니까.

처음에는 식사 주문을 하더니, 나중에 본격적인 이야기가 나오기 시작했고, 들으려 하지 않아도 들리는 그 이야기.

민호는 그들이 팜 나무를 거래라는 중이라는 것을 알게 되었다.

유미 역시 간간이 들리는 한국인의 통역에 귀를 기울였고, 그들의 이야기에 흥미가 동했는지, 식사를 마쳤어도 일어서지 않았다.

그런데 잠시 후.

통역을 듣고 있던 민호의 눈살이 살짝 찌푸려졌다.

분명히 인도네시아 사람은,

"팜 나무 한 그루 당 천만 루피아(한화 약 80만 원)입니다."

라고 말했는데, 40대 남자는 다음과 같이 통역했다.

"나무 한 그루가 한국 돈으로 200만 원이랍니다."

그 말을 듣고 고개를 끄덕이는 노부부.

200만 원이라는 가치가 그들에게 큰 부담이 되지는 않는 것 같았다.

지난번 합승했을 때부터 민호는 그들이 잘산다는 걸 느꼈다.

노인들이 입고 있는 옷차림이 그들의 경제적 수준을 보여주고 있었으니까.

하지만 그들의 얼굴에 깊게 팬 주름살이 눈에 띠었다.

지금의 부를 축적하기 위해서 많은 땀을 흘렸음이 확실했다.

유미 역시 마찬가지로 안타까운 눈빛을 보였다.

지난번 차 안에서 할머니에게 자식들에게 짐이 되지 않는 마지막을 위해서 투자를 결심했다는 이야기를 들은 그녀.

그런 그녀의 귀에 민호의 목소리가 들려왔다.

"유미야, 지난번 팜 트리 구매가격 조사했을 때, 매입 단가가 얼마나 되었지?"

유미는 단번에 그의 의도를 눈치챘다.

그래서 바로 이렇게 대답했다.

"흥정하면 8백만 루피아까지 다운시킬 수 있어."

"한국 돈으로 65만 원이라…"

제법 작지 않은 목소리가 옆에 있던 사람들의 귀에 들어갔다.

40대 남자의 얼굴은 곧바로 변했다.

할아버지의 눈 역시 커져만 갔다.

불신의 시선.

그게 40대 남자에게 이동하니, 곧바로 그가 일어섰다.

"험, 험. 아, 맞다. 제가 잠시 호텔에 물건을 놓고 왔네요. 실례 좀 하겠습니다."

갑자기 나가는 40대 남자.

할아버지는 그를 붙잡으려 들지 않았다.

남은 인도네시아 현지인만 황당한 표정을 짓고 말았다.

그의 얼굴에는 이렇게 쓰여있는 것 같았다.

말도 안 통하는 노부부와 어떻게 거래하라고!

"제가 대신 통역해도 괜찮을까요?"

그때 민호가 나섰다.

여전히 호감을 주는 그의 매력지수는 신뢰로 바뀌었다.

더구나 조금 전 팜 나무의 정확한 시세를 노인들에게 알려준 청년이었으니.

"우리야 고맙지."

고맙다는 표정으로 자신에게 말하는 할머니.

같은 표정으로 묵묵히 바라보는 할아버지.

워낙 무뚝뚝해서 감정을 말로 표현하는 사람이 아니라는 걸 민호는 척 보고 알았지만, 얼굴에 담긴 고마움과 안도감을 절대 모른 체할 수가 없었다.

민호는 최선을 다해서 그들에게 통역해 주었다.

더구나 흥정까지 척척.

아까 유미가 말한 800루피아까지 급속도로 가격 다운을 시키자, 노부부의 눈이 점점 커져만 갔다.

나중에 저녁을 사겠다던 노부부.

민호와 유미는 거절하지 않았다.

그리고 식사자리에서 거의 말이 없던 할아버지는 드디어 입을 열어 고마움을 표현한다는 게….

"허허. 내가 늙긴 늙었나 봐. 예전 RG 상사에 있던 친구 놈이 국내 부동산 투자보다는 해외 직접 투자도 나쁘지 않다고…, 정말 꼼꼼히 확인하고 왔는데… 정말 꼼꼼히…."

서투른 자기변명에 가까웠다.

그래도 민호는 이해했다.

거기다 그와 전혀 다른 삶을 살았고, 전혀 다른 성격을 지닌 종로 큰 손이 떠오르는 건 왜일까?

말문이 열리자 말이 많아지는 할아버지여서 그런가 보다.

물론 민호는 종로 큰손 대하듯이 그 할아버지를 대할 수는 없었다.

기본적으로 말에 담긴 무게감이 꽤 달랐기 때문이다.

100세까지 인생 설계를 했다는 할아버지.

10년 전에 한국대학교를 나왔던 그는 이렇게 꼼꼼히 노후를 직접 대비하는 게 자신의 성격이라고 말했다.

적지 않은 나이에 해외에 와서 팜 트리를 살펴보는 이유였다.

"너무 일찍 강단에서 내려왔어. 10년이야, 10년. 그동안 더 일 할 수 있었고, 더 배울 수 있었어. 무엇보다도 내 경험을 더 가르칠 수 있었단 말이야. 그런데…."

"······."

"우리 아들이 학교에서 더 크려면 내가 나가는 게 좋을 것 같았거든."

무뚝뚝해서 이름도 가르쳐주지 않을 것 같은 그가 드디어 자신의 이름을 윤종환이라고 밝혔다.

민호와 유미에게 고마웠던 모양이다.

그러면서 자신의 이야기를 털어놓았다.

그는 아들이 같은 학교에 임용되었을 때, 자신을 바라보는 시선이 꽤 부담스러웠다고 했다.

이것만 봐도 자존심으로 살아가던 인생이었다는 걸 잘 알 수 있었다.

그를 보니 민호의 머리에 얼마 전에 퇴직한 조명회 전무가 떠올랐다.

아들인 조정환이 자리를 잡았다며, 떠날 때는 말없이 가야 한다고 말했던 조 전무.

민호의 손을 꼭 붙잡고 잘 부탁한다며 등을 돌렸을 때, 꽤 멋있어 보였다.

그리고 결혼식 때 다시 만난 그의 얼굴에 아쉬움이 진하게 묻어나온다는 걸 느낀 것은 민호의 착각일까?

아무튼, 지금 이 순간 왜 갑자기 그가 떠오른 지는 모르겠다.

아니 이제 알겠다.

글로벌의 경험이 더 이상 없어져서는 안 된다는 것을.

결국, 그날 저녁 민호는 재권에게 전화하고 말았다.

"형님, 아직 건설 쪽 대표 선임 안 됐죠? 제가 생각해 봤는데…."

⚜

원수는 외나무다리에서 만난다고 신혼여행에서 돌아오는 공항에서 민호는 장규호를 보았다.

그는 여전히 허허거리는 얼굴로 민호에게 다가 와 이렇게 말했다.

"이야, 여기서 만나다니! 정말 우린 글로벌한 인연이 있나 봐. 허허허."

"……."

그 말에 민호는 대답하지 않았다.

대신 차가운 웃음을 지어주었다.

어차피 비행기 시간에 맞춰서 도착한 공항.

장규호와 길게 말을 섞고 싶지는 않았다.

유미에게 마지막까지 충실해지고 싶었다.

본격적인 전쟁은 한국에 돌아가서 해도 되니 말이다.

같은 비행기를 탔어도 장규호 쪽으로 시선을 돌리지 않은 이유가 바로 그것 때문이었다.

그렇게 7시간이 넘게 걸리며 도착한 인천공항에서.

민호는 장규호가 앉아 있는 곳으로 시선조차 돌리지 않고 한국에 도착했다.

헌데 여기서 또 한 명, 보고 싶지 않은 사람을 만나게 되었다.

방정구.

장규호가 허허거리는 웃음을 지녔다면, 그는 실실 쪼개는 웃음을 가지고 있었다.

그 얼굴로 민호에게 다가왔다.

"잘 다녀오셨습니까?"

장규호가 인도네시아에서 출발하기 전에 그에게 보고한 것이 틀림없었다.

그렇지 않고서야 우연히 만났다는 표시조차 안 낼 리는 없었다.

그렇다는 이야기는 자신에게 할 말이 있다는 의미.

민호는 살짝 인상을 찌푸리며 그에게 말했다.

"저 바쁩니다."

"하하하. 알아요, 알고 있어요. L&S 건설 인수에다가, 신혼여행 가서 수주까지 받아오시고… 놀라워요. 여기서 박수까지 쳐주고 싶습니다."

역시나 말이 길었다.

더는 듣고 싶지 않아서 민호는 유미의 손을 붙잡고 주차장으로 향했다.

그런데 방정구는 계속해서 민호를 쫓아오며 말을 시켰다.

심지어 주차장에 진입했을 때에는 이런 말까지 해댔다.

"어차피 따로 만나자고 해도 만나주시지 않을 것 같아서 일부러 마중 나왔습니다. 마중이 배웅이 되기도 할 텐데…, 제가 드리고 싶은 이야기는 간단합니다. 글로벌 말고 다른 곳에서 일하고 싶지는 않은지… 아, 물론 우리 회사죠."

참 진부한 이야기를 하고 있었다.

지난번에 만났을 때도 저런 제안을 했었는데, 당연히 민호로서는 기대 이하라는 생각을 했다.

방정구가 좀 더 머리를 쓸 줄 아는 인물일 줄 알았던 민호.

하지만 너무 쉽게 안재현과 이용근에게 깨지고 있었다.

이렇게 되면 민호가 생각한 그림이 제대로 나올 수 없었다.

JJ 사모펀드를 이용해서 성혜 그룹 견제하기!

오죽하면 그 배경이 에이스 그룹이라고 안재현에게 정보를 흘렸겠는가.

안재현은 높은 목표가 생기면 덤비는 맹장(猛將) 타입이다.

에이스 그룹이라는 것을 알고서 전의를 불태우는 그의 모습을 생각했는데…

"어제 이용근이랑 만났어요. 휴전하기로 했죠. 치킨 게임은 더 없을 겁니다."

우뚝.

방정구의 말 한마디가 민호의 발걸음을 잡았다.

멈춘 민호는 유미에게 키를 주며 말했다.

"시동 걸어 놓고 있어. 금방 갈게."

고개를 끄덕인 유미.

언제나 그렇지만, 그녀는 민호의 영원한 지지자였다.

민호 역시 여유 있는 미소를 지으며 방정구를 향해 뒤돌아섰다.

시선 안에 들어온 방정구.

그의 입에 매달린 웃음이 뜻하는 것을 잠시 생각한 민호가 차갑게 웃으며 이렇게 말했다.

"나중에 시간 되면…."

"……."

"내기 장기 한 판 둡시다."

"……?"

이건 또 무슨 소린가.

방정구는 잠시 민호의 말뜻을 풀이하느라 고민하는 시간을 가졌다.

그는 원래 민호의 다양한 반응을 예측했었다.

자신을 회유해서 같이 성혜를 공격하자든지.

그것도 아니면 자신을 자극해서 성혜와 싸움을 붙인다든지.

하지만 지금의 반응은 그가 생각해 놓은 그 어떤 매뉴얼에 없었기에 잠시 당황할 수밖에 없었다.

　장기라니?

　그것도 내기를 하자니?

　뭘 걸자는 건가?

HOLIC : 그의 직장 성공기

156회. 대결

내가 장기라는 말에 궁금해하는 방정구.

그의 단추 구멍 눈이 호기심을 잔뜩 물고 있었다.

그의 눈빛을 보며 민호는 역시나 차갑게 웃으며 내기로
걸 물건을 말했다.

"체육 덮밥 걸고 하자는 건데… 하하하. 그럼 나중에 생
각나면 연락 주세요."

체육 덮밥에 잠시 멍한 표정이 된 방정구.

그의 얼굴을 보면서 민호는 바로 등을 돌렸다.

자신이 한 말에 대해서 온종일 생각할 그를 보며 괜히 기
분이 좋아졌다.

그러나 죽었다 깨어나도 알지 못하리라.

민호가 지금 무슨 계획을 세우고 있는지.

하긴 아직 장기도 두지 않은 상태였다.

민호의 계획이 실현될지는 알 수 없는 법.

그래도 민호는 확신했다.

방정구가 결국 호기심 때문에라도 자신과 장기를 둘 게 뻔하다는 것을.

그렇게 되면 누가 이기든 제육 덮밥을 사게 될 것이고….

그날 바로 민호는 안재현과 방정구를 만나게 할 것이다.

꽤 재미있는 그림이 될 것이다.

둘이 만나게 된다면.

그리고 그때 민호가 할 수 있는 일은?

아까 몇 개가 떠올랐는데, 지금은 수천 개가 반짝거리고 있었다.

둘을 싸움 붙일 수 있는 여러 가지 일들이.

취이이이익.

시동을 걸고, 유미의 손을 잡으며 드디어 신혼여행에서 복귀신고를 하기 위해 떠나는 민호의 얼굴에 미소가 잔뜩 스며들었다.

한편, 남은 사람인 방정구는 민호가 던진 말에 더 고민하지 않기로 했다.

고민할 필요가 없었기 때문이 아니라, 출국 시간이 가까워져 왔기 때문이다.

여기에서 민호가 살짝 착각하는 것이 있었다.

방정구가 민호를 만나러 공항에 왔다는 것.

물론 방정구는 민호가 이 시간쯤 공항에 도착한다는 사실을 장규호에게 들었다.

하지만 일부러 공항으로 온 것은 아니었다.

해외 출장을 위해 온 그는 겸사겸사 민호를 한번 자극해 보고 싶었다.

어차피 비행기 안에서 생각할 시간은 많았다.

잠시 후 그가 주차장에서 공항으로 왔을 때, 표류하던 장규호의 모습이 눈에 보였다.

그의 손에 들린 스마트폰.

그제야 방정구는 자신의 스마트폰을 묵음으로 해놨다는 것을 깨달았다.

공항에서 잠시 만나자고 했는데, 김민호를 쫓아가는 바람에 잠시 지연된 조우.

방정구는 한껏 웃으며 과장된 몸짓으로 장규호를 맞이했다.

"아이고… 아저씨. 고생 많으셨습니다. 하하하."

"정구야, 어디 갔었어?"

장규호는 방용현과 형님 아우 하는 사이.

자연스럽게 방정구를 향한 반말이 쏟아져 나왔다.

"아저씨 기다리는데, 갑자기 김민호, 그 녀석을 봤어요. 저도 모르게 제 발이 그 녀석을 따라가던데요? 이상하죠? 하하하."

"……."

그 말을 듣고 장규호는 방정구를 가만히 들여다보았다.

그는 방정구의 성격을 매우 잘 알고 있었다.

어렸을 때부터 몇 차례 보아왔다.

머리는 좋지만, 생각보다 더 잔인한 그 성품을.

한번은 방용현의 집에 찾아간 방규호가 개미를 죽이는 방정구를 본적이 있었다.

집요하게 땅까지 파서 죽이는 그 모습.

세 보지는 않았지만, 수백 마리는 될 개미들을 보고 어른인 장규호가 눈살을 찌푸리며 물었다.

– 왜 죽이는 거니?

– 얘네가 저를 물었어요.

그 말을 할 때의 방정구의 표정을 그는 지금도 잊지 못한다.

순수해야 할 어린아이의 악마적인 본성을 봤다고 해야 하나?

당시에 장규호가 할 수 있는 말은 이런 거였다.

– 그런 말… 남한테 하면 별로 안 좋아할 거야.

– 그럼 어떻게 말해요?

– 차라리 웃어라. 나처럼 말이다.

장규호의 충고를 방정구는 제대로 받아들였다.

잔인한 짓을 계획하거나 실행할 때 웃는 버릇은 그때부터 생겼으니까.

될성부른 떡잎이 무르익은 것은 그로부터 약 10년이 흐른 뒤였다.

방정구가 고등학교 1학년 때.

그때만 생각하면… 그때를 떠올리면…

"아저씨? 아저씨?"

"응… 응?"

과거 회상에서 재빨리 돌아온 장규호.

여전히 웃고 있는 방정구가 무언가를 물어봤던 것 같았다.

"미안하다. 뭐라고 했지?"

"제가 없는 동안 사모 펀드에 그 누구도 일 시키지 마시라고요. 일 시키면 암 걸리실 거예요. 차라리 가만히 계셨다가… 멍청한 짓 한 사람을 파악해주세요. 하나씩 잘라버려야겠어요."

사람을 잘라버린다는 말을 쉽게, 그것도 웃으면서 하고 있는 방정구.

장규호는 재빨리 그에게 말했다.

"너무 많은 적을 만들지는 말아야지. 나가서 뭐라고 떠들지 모르잖아."

작년에 처음 방정구에게 제안이 왔을 때, 장규호는 자신의 역할이 그를 돕는 조언자여야 한다고 생각했다.

방정구가 부족해서가 아니다.

너무 넘쳤기 때문에 큰일이 일어날 것만 같은 느낌.

그래서 지금도 말했다.

봉지가 찢어질 정도로 과한 것은 미연에 방지한다는 생각으로.

방정구는 장규호의 조언을 알아듣고 다시 크게 웃었다.

"당연히 적은 안 만들죠."

"……."

"이미 그 사람들 약점은 다 제가 손에 쥐고 있어요. 아마 진흙탕 싸움도 하지 못할 거예요."

그 말을 듣고 장규호는 더 이상의 조언을 자제했다.

여기서 더 하면 방정구는 자신에 대해서도 믿음을 버리기 시작할 것이다.

결국, 여기 일은 걱정하지 말고 잘 다녀오라는 말만 할 수 있었다.

방정구 역시 장규호와 헤어진 후 게이트로 들어갔다.

드디어 민호가 며칠 동안 있었던 인도네시아행 비행기에 방정구가 탑승할 준비를 끝마쳤다.

인도네시아를 가는 목적은 아주 간단했다.

인도네시아 정부에서 자카르타의 슬럼가를 뜯어고칠 계획을 하고 있다는 정보를 얻었다.

장규호를 복귀시키고 그가 가는 이유.

장규호가 미치는 영향력보다 에이스 그룹이 가지고 있는 돈의 힘이 더 크기 때문이다.

그리고….

아시아에서 그 돈의 힘을 행사할 수 있는 유일한 존재는 바로 방정구였다.

❧

신혼여행에서 복귀한 민호와 유미가 인천공항을 떠나 잠실로 이동할 무렵.

민호의 전화벨이 울렸다.

블루투스 화면에 뜬 사람은 바로 재권.

정확히 민호가 올 시간을 캐치하고, 이때쯤 일부러 전화한 모양이다.

"아, 또 뭐지? 설마 벌써 일하라고 전화하는 건가?"

유미의 눈치를 슬슬 보다가 혼자 중얼거리는 민호.

아직 금요일이다.

주말까지 다 보낸 후에 출근하려고 마음먹었는데, 재권의 전화를 받으면 마치 회사로 가야 할 것만 같았다.

그런데 그건 민호의 착각이었다.

(처가댁 가는 길이지?)

"헐, 미행 붙이셨어요?"

(너보다 더 먼저 결혼한 선배다, 내가. 하하하.)

일단 급한 일이 생기면 바로 용건을 말하는 재권의 성격상 지금의 전화는 화급을 다투는 일은 아닌 것으로 보였다.

하지만 방심은 금물.

민호는 재빨리,

"잘 아시네요. 오늘부터 처가와 집에 들어가서 푹 쉰 다음 월요일에 출근할게요. 제가 보고 싶어도 참으세요."

라고 말하며 전화한 그의 용건을 틀어막았다.

헌데 이것도 민호의 과잉반응이었다.

재권이 다음에 꺼낸 말은 민호의 눈 크기를 더 크게 만들었으니.

(알았다, 알았어. 하하하. 내가 너 일 시키려고 전화한 줄 알았구나. 그런 거 아니고… 간단히 말할게. 회사 근처에 아파트 하나 마련해 놨다고. 결혼 선물이야.)

"정말이요?"

민호는 믿기지 않아서 자신의 목소리가 커진 줄도 몰랐다.

옆을 보았을 때, 유미는 살짝 고개를 저었다.

그녀의 성격으로 보아서 민호는 짐작했다. 공짜 선물은 사양하려는 뜻을 내비친 것.

하지만 민호는 주는 선물을 거절하는 성격이 아니었다.

곧바로 그 선물을 합리화했다.

"이번에 임원 된 거… 주식 배정을 당장 할 수 없다고 하시더니… 집으로 때우시는군요."

(하하하. 맞아, 맞아. 주식 할당은 당장 어려워. 너한테 저번에 감투를 씌우는 것만 해도 다른 임원들 눈치 봐야 했거든.)

"알겠습니다. 그럼 제 나이가 서른이 되면 그때 주식 배정 좀 해주세요. 아마 제대로 된 지분 없는 임원은 저밖에 없을 겁니다."

민호는 이렇게 말하고 전화를 끊으며 유미를 바라봤다.

선물이 아니라 당당히 받아야 하는 거라고 주장하는 눈빛으로.

유미는 허탈한지 미소만 지을 뿐이었다.

"원래 마련했던 집은?"

"그거? 전세 주지 뭐. 잘 됐다. 대출 이빠이 받았는데, 전세금으로 갚아야지. 하하하."

민호의 웃는 모습을 보며 다시 한 번 고개를 젓는 유미.

그래도 그가 자랑스러운 마음은 더 커져만 갔다.

자신의 신랑이 이만큼 직장에서 인정받고 있구나.

싫어할 여자가 어디 있겠는가.

대충 이렇게 넘어갔다고 생각한 민호는 가속기를 밟았고, 드디어 유미의 아파트에 도착했다.

자신들이 온다는 소식을 듣고 나온 것인지 몰라도 정필호가 아파트 앞을 서성이고 있는 게 보였다.

그래서 주차 후 바로 문을 열고 고개를 숙이는 민호.

"저 왔습니다. 장인어른."

"응? 응. 그래. 고생했네."

정필호의 약간 떨떠름한 표정.

아직 자신이 사위라는 게 믿기지 않는다는 얼굴이었다.

그러다가 시선이 유미에게 가자 바로 펴지는 게 보였다.

"우리 딸! 고생 많았다. 하하하."

그의 웃음을 보면서 민호는 피식 웃었다.

품 안의 자식이거늘, 뭘 저렇게 미련을 두는지 모르겠다.

올라가서 절을 하는 민호에게는 심지어 이렇게 말했다.

"일주일에 한 번은 와야 한다."

"바쁘지 않으면요."

역시 만만치 않게 대응하는 민호.

그것을 보며 정필호의 눈이 또 한 번 부라리듯이 커졌다.

다시 기 싸움에 들어가자는 신호로 받아들인 민호 역시 그 눈길을 피하지 않았다.

그러다가…

- 내 자기야, 내 여보야, 내 사랑아~

갑자기 유미의 전화벨이 울렸다.

그리고….

"네, 어머님. 네, 네. 그럼요, 당연하죠."

유미는 자리에서 일어나서 밖으로 나가며 전화를 받았다.

민호는 직감적으로 자신의 어머니와 통화한다는 걸 알았다.

시선을 정필호에게 가져갔을 때, 그의 귀가 쫑긋하는 게 보였다.

민호는 볼 수 있었다.

혹시나 하루도 묵지 않고 가는 건 아닌가 불안해하는 동공의 떨림.

그래서 큰 소리로 유미를 불렀다.

"유미야, 오늘이랑 토요일은 아예 여기서 보내자. 엄마한테 그렇게 말해. 아냐, 나 바꿔줘."

일어나는 민호의 귀에 안도의 한숨 소리가 들렸다.

그 소리를 듣고 속으로 웃지 않을 수 없었다.

다행히 민호의 집안은 꽤 열려 있었다.

민호가 그 내용을 말하자 쿨하게 오케이하는 어머니.

(그래, 우리도 걱정 좀 했어. 애가 들어섰는데… 맘 편히 사돈댁에서 하루 더 쉬는 게 좋긴 하지… 알았다, 일요일에 보자.)

전화를 끊는 민호.

뒤를 돌아보았더니 바로 정필호가 있었다.

"헉, 여기서 뭐 하십니까?"

"응? 아니, 뭐… 응. 하하. 뭐라고 하시나?"

"토요일까지 묵고 오랍니다."

"그래? 아주 잘 되었네, 아주 잘 됐어. 사실 자네랑 가볼 데가 있었거든."

"……?"

가 볼 데라니?

그것도 민호와.

유미가 여기에 묵는 걸 좋아해서, 딸과의 마지막 오붓한

2박 3일을 즐기라고 선심을 쓴 것인데….

"찜질방에 가세!"

정필호는 뭔가 자신감에 가득 찬 눈빛으로 민호에게 말했다.

민호는 그의 눈에서 강한 승부욕을 느꼈다.

아무리 나이가 들었어도 절대 질 수 없는 것!

그게 무엇인지 눈으로 표현하는 정필호.

민호는 그 눈빛을 보며 속으로 약간 가소롭다는 듯이 콧방귀를 뀌었다.

"좋습니다."

어쭈?

정필호의 눈에 새겨진 의문부호가 살짝 강해졌다.

'설마….'

하지만 속으로 강하게 고개를 저으며 부정했다.

지금까지 한 번도 남에게 사이즈에서 밀려본 적이 없었다.

아무리 사위지만, 질 수는 없었다.

하지만 그날.

정필호는 못 볼 것을 본 눈으로 조용히 구석에서 때를 밀고 왔다.

HOLIC : 그의 직장 성공기

157회. 같이 날자

오늘 드디어 집을 떠난다.

겉으로는 행복한 척했던 유미.

물론 실제로 이보다 더 행복한 일이 없었다.

자신의 하나뿐인 사랑, 민호를 만났고, 평생 함께 살기로 서약했으니 말이다.

그러나 아무리 천생연분인 민호를 만났을지라도, 그동안 자신을 낳아주고 키워주셨던 부모님의 품을 떠나는 것인데 결코 기쁨만 존재할 리가 없었다.

눈물을 보이지 않은 것이지, 마냥 희희낙락한 마음만 있는 게 아니었다.

자신의 방에서 어머니와 포옹하는 것도 그 때문이다.

"잘 살아… 지금 그 마음 잊지 말고. 알았지?"

"네, 엄마."

눈물이 나오려는 걸 간신히 참는 유미.

모든 물건을 챙겨서 집을 나왔다.

밖에서는 아버지가 있었다.

마찬가지로 정필호의 눈에도 아쉬움이 가득한 것 같았다.

그의 마음을 왜 이해 못 하겠는가.

시동을 건 차에 들어가기 전에 아빠의 품에 다시 한 번 안기는 유미.

자신의 등을 토닥토닥 두드려주며 그의 아버지는 말했다.

"저 녀석이 밉긴 해도… 널 행복하게 해줄 건 확실한 거 같아. 그래서 널… 웃으면서 보낼 수 있구나."

말은 웃는다고 해놓고….

내용은 밝은 것을 담아놓고….

정필호의 목소리는 약간 떨리고 있었다.

그나마 유미보다 나았다.

드디어 터져 나오는 눈물 때문에 한마디도 하지 못했으니까.

멀지 않은 곳.

서울에 신접살림을 차릴 테니, 자주 보는 건 확실하다.

그런데도 이렇게 아주 못 볼 것처럼 눈물을 흘리는 이유는 드디어 공식적인 독립이 서로의 마음에 새겨졌기 때문이다.

민호는 차 안에서 그녀가 눈물을 흘리는 것을 보며 아무 말 하지 않았다.

그에게 눈물을 보이기 싫었는지 옆이 아닌 뒤에 앉은 유미를 일부러라도 보지 않았다.

이럴 때에는 그저 가만히 있는 게 그녀를 돕는 게 나으리라.

그리고….

잠실에서 자양동까지의 거리가 너무 가까웠기 때문에 좀더 멀리 돌면서 그녀의 마음이 가라앉도록 도와주는 게 그가 할 일이었다.

그동안 유미는 잠시 집에서 가지고 온 물건중 하나를 빼 들었다.

그건 바로 일기장이었다.

자신의 성장기. 모든 추억이 담겨 있는 일기장이 몇 권이나 있었다.

그것을 보면서 옛 기억을 되살렸다.

그런데 가장 많이 쓰여 있는 문구가,

…오늘도 아팠다. 다시는 아프지 않아서 엄마, 아빠 걱정을 안 끼쳤으면 좋겠다….

였다.

생각해보니 아파본 일이 꽤 오래전이었던 것 같다.

그녀는 그 이유를 알고 있었다.

그 이유가 담겨 있는 작년 일기장의 한 부분을 폈다.

…드디어 종섭과 헤어졌다. 그를 좋아하지도 않으면서 계속 사귈 이유는 없다. 그런데 아까 프리머스 호텔에 같이 있던 남자가 계속 생각난다. 이상하다.

…그 남자의 꿈을 꿨다. 신기하게 그를 알게 된 날부터 아프지 않다. 그 때문이라고는 생각하지 않지만, 그래도 이상하다.

…그가 미국으로 갔다. 정말 말도 안 되게 그가 떠난 며칠 후 난 아팠다. 어떻게 이런 일이 있을까? 가슴도 작아졌는데, 설마 이것도 그를 만나고 나서 일어나는 일일까? 정말 이상하다.

여기까지 읽고 유미의 얼굴에 미소가 나왔다.

이상하다는 말을 정말 많이 썼다.

스스로 생각해 봐도 당시 이상한 일이 계속 일어났다.

건강한 신체, 아름답고 섹시한 몸매.

그녀가 늘 소망하던 일이었다.

몇 장을 넘기자 심지어 이런 기록도 있었다.

…그와 처음으로 한몸이 되었다. 그것 때문인지는 몰라도 내가 먹는 모든 성분이 내 혀에, 내 머릿속에 기억되고 있다. 정말 이상하다.

유미는 여기까지 읽고 나서 일기장을 닫았다.

그리고 입을 열었다.

"오빠, 빨리 가야지. 아버님, 어머님 기다리시겠다."

"응. 그래."

민호는 이제야 웃으면서 말하는 유미를 보고 고개를 끄덕였다.

드디어 마음을 가라앉힌 그녀를 보니 다행이라고 생각했다.

잠시 후 도착한 민호의 자양동 집.

부모님은 환한 웃음으로 둘을 맞이했다.

부모님과 점심, 그리고 저녁 식사까지 다 마친 후에 드디어 둘은 보금자리로 돌아갈 수가 있었다.

새집, 그리고 신혼부부.

매우 어울리는 이름이다.

거기다 새집에 채워진 새로운 가구와 가전제품들 역시 민호와 유미에게 딱 어울렸다.

하지만 유미는 이게 마음에 들지 않았나 보다.

더 정확히 말하면 마음에 부담이 생겼다.

그래서 출근길에 기어코 민호에게 그것을 표현했다.

"너무 많이 받는다."

"응? 조오오금… 그렇긴 하지만, 내가 회사에 해준 게 얼만데?"

"그게 아니라…."

"……"

"이런 걸로 오빠 발목이 완전히 잡혔잖아."

"……!"

운전하는 민호의 눈이 살짝 커졌다.

놀랐다는 의미다. 다름 아닌 유미에게.

이런 것까지 생각하는 줄은 꿈에도 몰랐다.

여우는 아니라고 생각했는데, 부뚜막보다 더 높은 곳에 올라간 여우가 맞다.

그래도 곧 자기 생각을 그녀에게 밝히는 민호.

"발목을 잡힌다는 생각은 안 해봤어. 최소한 글로벌이 남의 거라고 생각하진 않거든."

이 정도만 이야기해도 유미가 잘 알아들을 것이다.

언젠가 민호가 더 경험이 쌓이고, 회사 내에 입지가 지금보다 훨씬 더 굳건해질 때, 글로벌의 주인이 될 수 있다는 의지 표명.

역시 유미는 바로 웃으며 민호의 말에 반응했다.

"응. 그럼 됐어. 오빠… 믿으니까."

민호는 다시 한 번 유미에 대해 자신이 갖고 있던 생각을 수정해야 했다.

유미의 야망 또한 자신의 크기 이상일지도 모른다는 것.

그래서 다행이라고 생각했다.

이게 바로 천생연분이라고 여겼다.

밤에도 낮에도 궁합이 딱딱 맞았다.

볼수록 사랑스러운 그녀를 글로벌 푸드 앞에 데려다 주고 회사에 출근했을 때.

민호는 주차장 엘리베이터에서 자신을 바라보는 여러 시선을 느꼈다.

"오랜만입니다. 소장님."

"신혼여행 잘 다녀오셨습니까?"

"더 멋있어지셨어요."

대체로 민호보다 직급이 낮은 그들.

하나같이 민호에게 좋은 말을 건넸다.

민호는 웃음으로 그들의 인사를 받았다.

아부성 짙은 말이 아니라는 걸 알았기에.

눈은 마음의 창이라서, 그들의 눈에 자신에 대한 호감이 가득하다는 것을 느꼈다.

단 한 명을 제외하고.

"안녕하세요. 잘 다녀오셨어요?"

"네, 잘 다녀왔습니다."

전혀 영향을 받지 않은 듯 기본적인 인사를 하는 송초화에게 민호 역시 평범한 인사로 응수했다.

다만 민호가 15층을 누르자 그녀는 눈에 이채를 담았다.

15층이 사장실이 있는 층이기 때문이다.

그런 그녀에게 민호가 말했다.

"송초화 씨 어제 제가 메일로 사업 자료 보냈습니다. 그거 이따가 회의할 때까지 바인딩해주세요. 그리고 사람들한테는 저 사장실 먼저 들렀다가 간다고 말씀해주세요."

"네, 소장님."

민호가 바로 사장실을 찾은 이유는 간단했다.

박상민 사장이 어젯밤 전화를 했기 때문이다.

오자마자 들르라는 말.

이유는 들어가서 확인해야 했다.

문을 두드리고 허리를 굽혀 인사했을 때, 언제나 덕이 있는 듯한 표정으로 민호를 반기는 박 사장.

신혼여행 잘 갔다 왔느냐는 인사치레를 나눈 후에 본격적으로 용건을 꺼냈다.

"재권이한테 들었다. 조 전무를 다시 불러들이라고…"

"그렇습니다."

"이유를 듣고 싶은데?"

"이번 주에 있을 L&S 건설 주주총회에 새 대표 인선이 아직 못 하지 않았습니까?"

박상민 사장은 고개를 끄덕였다.

급하게 인수한 L&S 건설이다.

지금은 박상민 사장이 겸직으로 일 처리를 해오고 있었다.

전 대표였던 유민승은 본사로 불러 대기 발령을 시켰다.

그의 자리보전은 당연히 불가능했다.

대한민국 5대 건설 회사의 위상을 '10대'로 다운그레이드 쪽으로 더블화 했으니까.

지난주에 있었던 주주총회에서도 '아무나'를 대표로 선임했다가는 대주주들의 공격을 당할지도 모른다는 내부결론이 났기에, 박상민 사장이 직접 겸직을 한다고 선언했었다.

그런데 그게 쉬운 일이 아니다.

당연히 바빠진 가운데 슬슬 박 사장도 건설회사의 대표를 납득할만한 인선으로 채워넣어야겠다고 생각했다.

그래서 박 사장은 민호의 말을 듣고 이제야 의중을 파악했다는 듯이 물었다.

"조 전무를 대표로 인선하자는 말이구나."

"그렇습니다."

박 사장은 민호의 당당한 말투를 듣고 그의 눈을 들여다보았다.

그리고 이유를 물을 수도 있었지만, 고개를 살짝 끄덕이며 말했다.

"알았다. 설득은 네가 해라. 저번에 재권이가 갔는데, 그냥 돌아왔으니까."

"……."

늘 바로 대답하는 민호.

내키지 않은 경우에 잠시 말을 하지 않았다.

이것을 모를 리가 없었다.

박상민 사장은 다시 입을 열었다.

"왜? 설득할 자신이 없니?"

민호는 고개를 끄덕였다.

그것을 보고 박 사장은 약간 놀랐다.

거의 처음이었다.

민호가 자신 없다는 것을 표현한 경우는.

순간 박 사장의 귀에 들리는 민호의 목소리.

"하지만 그분을 반드시 복귀할 방법은 잘 알고 있습니다."

"그게 뭐지?"

"사장님이 가셔서 설득하시면 됩니다."

"……."

어이없다는 표정을 짓는 박 사장.

그 방법을 모르는 것은 아니었다.

하지만 그랬다면, 민호가 오기까지 기다리지는 않았을 것이다.

"사장님은 저에게 항상 리더의 덕목을 알려주셨습니다. 그중 가장 감명 깊었던 것은 사람을 진심으로 대해줘야 한다는 점이었습니다. 실제로 사장님은 그렇게 사람들을 대하셨고, 옆에서 지켜봐 왔던 사장님의 그 인품을… 전 존경해 왔습니다. 그래서 솔직히… 조명회 전무님이 이미 복귀하신 줄 알았습니다."

박 사장은 묵묵히 민호의 말을 듣고 있었다.

그럴 수밖에 없었다.

자신을 향한 민호의 그 시선.

민호의 눈을 보는 순간 자신의 내심을 들킨 것 같았다.

사실 조명회 전무를 불러들이고 싶지 않았다.

자신을 포함해서 좀 더 늙은 세대들은 자연스럽게 빠져줘야만 한다고 생각했다.

지난번 언젠가 민호는 그 생각을 반대했다.

경험이 뒷받침되지 않은 글로벌은 잘못하면 과속하게 될 거라고 말하면서.

하지만 여전히 박상민 사장은 굳어진 마음을 풀지 않았다.

생각보다 더 빨리 새로운 세대가 성장했다.

구태의연한 구습보다 그들의 신선한 방법이 시장에 잘 먹히고 있었다.

그러니 재차, 삼차 생각해봐도 자신들이 빠져 주는 게 현명한 방법이라고 나이 많은 중역들을 매일 불러다 놓고 말했다.

새 술은 새 부대에!

다시 한 번 방용현과 같은 사람으로 새로운 세대에 부담을 안겨줄 수는 없다!

지상 명제와 같은 박 사장의 뜻에 하나씩 동참했던 사람들.

그 시작은 바로 조 전무의 1차 퇴진이었다.

그런데….

민호는 이미 그 생각을 다 읽고, 행동으로 반대하고 있었다.

왜? 왜 그는 계속 반대할까?

그가 날개를 활활 펴고 날 수 있는 창공을 선물해 주는 것인데….

"우리가 부담되어서 날 수 없을 거야."

"아뇨. 같이 날고 싶습니다. 정 안되면 태우고 날죠. 하지만 떼어 놓고 날라고 하신다면… 그냥 그 부담스러운 날개를 달지 않으려고요."

민호의 눈빛이 더 강렬해졌다.

반면 박 사장의 동공은 더 흔들렸고.

그래서 잠시 후.

민호가 나간 후에 박 사장은 비서를 불렀다.

"부르셨습니…."

"지금 바로 나갈 거야. 조 전무 집으로. 기사 대기시켜."

비서가 말도 다 꺼내기 전에 막아버린 박상민 사장.

마음이 내켰을 때, 움직이고 싶었다.

"오후에는 글로벌 건설에서 인사 조정 위원회에 참석하셔야…."

"그건 김민호 소장이 가기로 했어."

"네, 알겠습니다."

대답하며 나가는 비서를 보며 박 사장은 잠시 눈을 감았다.

민호가 생각보다 더 큰 그림을 그리는 것 같았다.

단지 성혜 그룹만이 목표가 아닌….

뭔가를 크게 흔들어 놓을….

그 느낌은 혹시 박 사장의 착각일까?

번쩍!

눈을 뜬 박상민 사장.

옆에서 지켜보고 싶었다.

어디까지 날아가는지.

하늘을 뚫고 날아간다면, 힘에 부치더라도 그의 옆에서 같이 날아가리라.

그 다짐을 하며 일어서는 박 사장의 눈빛은 아까와는 많이 달라져 있었다.

민호가 봤다면 확신했을 것이다.

그가 조명회 전무를 반드시 데리고 올 눈빛이었으니까.

홀릭
HOLIC : 그의 직장 성공기

158회. 조직 장악

사장실을 나와서 민호는 드디어 13층의 경제연구소에 복귀했다.

오랜만에 보는 부하직원들이었다.

강태학 과장과 이정근이 일어서서 그를 맞이했고, 찌라시 공장 출신 삼인방도 모처럼 오늘 회사로 출근했다.

아까 본 송초화까지 모든 구성원이 모집된 현재.

경제연구소의 총인원이 오랜만에 한자리에 모였다.

사실 민호가 이들을 소집했다.

찌라시 공장 출신 삼인방은 원래 회사 출근하는 것을 꺼리는 인물들인데도 불구하고 얼굴을 마주 본다는 것에 의미를 부여한 민호.

"앞으로 일주일에 한 번씩 정기 회의하겠습니다. 보통 오늘처럼 월요일에 할 거고… 그게 여의치 않다면 따로 날짜를 통지해서 할 테니, 전원 참석하는 걸로…"

"네, 알겠습니다."

"네, 소장님."

강태학과 이정근, 그리고 송초화가 곧바로 대답했다.

그런데 강성희와 나머지 두 사람은 바로 즉답이 없었다.

이들은 사실 어제도 이 자리에 나오는 걸 꺼렸었다.

"그냥 단톡방 회의는 안 될까요, 대장?"

드디어 덩치 큰 권순빈이 민호에게 이야기를 꺼냈다.

그때 이정근이 눈살을 찌푸리며, 기다렸다는 듯이 날카롭게 반응했다.

"이곳은 회사입니다. 대장이 뭐죠? 그런 듣도 보도 못한 호칭은 삼가시죠."

"난 내가 부르고 싶은 대로 할 테니까, 참견하지 마라."

"뭐요? 참… 내… 이래서 배운 사람이랑 이야기해야 하는데 말이야…"

"머리에 먹물만 들어서 뭐할 건데? 실제로 지금 뭐가 어떻게 돌아가고 있는지 알기는 알아?"

인상을 찌푸리며 말싸움하기 시작한 그들.

보다 못한 강태학이 드디어 나섰다.

"두 사람 다 그만하십시오! 지금 소장님 앞에서 뭐하시는 겁니까?"

"……."

"……."

일단 더 이야기를 꺼내지 않는 두 사람이지만, 서로 노려보는 눈싸움이 가관이었다.

상황이 이 모양인데도, 민호는 전혀 신경 쓰지 않는다는 듯이 송초화에게 말했다.

"아까 부탁한 자료 다 됐나요?"

"네, 소장님."

"그럼 나누어 주시고…."

민호는 그녀가 사람들에게 자료를 돌리자, 바로 인도네시아에서 생각했던 사업 구상에 대해 브리핑했다.

"총 세 가지입니다. 첫째는 이미 사업권은 획득한 석탄화력 발전소. 두 번째 자카르타의 슬럼가 개발에 대한 일이고, 세 번째가 바로 글로벌 푸드와 연계해서 할랄 식품을 개발하는 것입니다."

민호의 짧은 브리핑에 고개를 끄덕이는 사람들.

하지만 딱 봐도 제대로 듣는 것처럼 보이지는 않았다.

그것을 아는지 모르는지 민호는 계속해서 말했다.

"세 분야에 대해서 팀을 나누어서 사업 추진을 하려고 합니다. 1팀은 강태학 과장과 임동균 씨가 글로벌 푸드와 연계해서 할랄푸드를 맡으시고, 그다음이 화력 발전소 일입니다. 이건 원가 절감 부분을 조사해주세요. 강성희 대리와 송초화 씨가 2팀을 이루게 될 겁니다. 마지막으로 슬럼가 개발 관련 조사입니다. 이정근 씨와 권순빈 씨가 해주세요."

민호는 자신의 말을 끝마치고 사람들의 얼굴색을 살폈다.

예상대로였다.

자신의 지시를 들은 사람들의 얼굴색이 변하는 것은 아주 당연한 일이었다.

설명을 요구하는 눈빛 또한 강렬했다.

팀이란 궁합이 맞아야 하는데….

– 난 이 사람을 원하지 않습니다. 궁합이 안 맞아요!

– 내 원래 파트너를 돌려주세요.

– 미치겠어요. 정말 싫단 말입니다.

각각 그렇게 표현하고 있었다.

글로벌 경제연구소의 총인원은 민호를 포함해서 일곱 명.

그중 여섯이 민호의 결정을 이해하지 못한다면, 리더십에 의문 부호가 남을 수밖에 없다.

당연히 이들을 납득시켜야 하는 민호.

그들의 표정을 본 민호의 얼굴에 진한 미소가 새겨지면서, 드디어 입을 열었다.

"설명을 듣고 싶은 분은 남으시고, 그렇지 않은 분들은 회의실 밖으로 나가셔서 일을 착수하시면 됩니다."

이렇게 말하면 전원이 남아야 하는데….

아까 그들의 얼굴에 새겨진 '항명'에 따라 분명히 모두 자리에서 일어나지 않아야 하는데….

제일 먼저 일어나는 사람은 바로 송초화였다.

"그럼 먼저 일어나겠습니다."

그다음은 임동균이다.

다만 순순히 받아들였던 송초화에 비해 그는 한 마디를 남기고 나갔다.

"살짝 이해가 안 가지만… 전 언제나 형님 뜻을 따르겠습니다."

약간 '조직'에 몸담은 사람의 말투를 하고 나가는 임동균.

그의 빡빡 민 머리가 오늘은 더 빛나 보였다.

남은 사람은 네 명.

그런데 강태학이 이정근을 내보냈다.

"내가 말씀드릴게, 넌 나가 있어."

놀랍게도 이정근은 그의 말을 듣고 고개를 끄덕였다.

마지막으로 강성희와 권순빈이 눈빛을 교환하면서, 여자가 남고, 남자가 떠났다.

즉, 이 자리에 이제 남은 사람은 강태학과 강성희였다.

민호는 남은 둘을 보고 만족한다는 듯이 미소를 지었다.

아니 기대 이상이었다.

알게 모르게 이 조직은 자신을 생각보다 더 많이 신뢰하고 있었다.

납득하기 힘든 지시를 내렸을지라도, 중구난방으로 불만을 이야기하지 않았다.

이제 둘만 이해시키면, 이들이 남은 사람을 알아서 이해시키리라.

"이해하기 힘들다는 거 알아요. 아마 여기 있는 두 분 말고, 지금 나간 분들도 마찬가지겠죠."

"아시면서 오라버니는 왜…."

그나마 남은 두 명 중에도 강성희는 민호의 기분을 파악하면서 눈치 있게 행동하는 사람.

오히려 강태학이 속에 있는 말을 직설적으로 꺼냈다.

"완전히 비효율적입니다."

이 말 때문에 강성희는 입을 다물고 말았다.

그녀의 생각과 완전히 일치했다.

그리고 심지어 민호의 입에서 강태학의 그 항의를 인정하는 말까지 나왔다.

"맞습니다. 비효율적입니다."

"……."

"……."

"하지만 해야 하는 일이었습니다."

이제 입술에 맺힌 웃음이 걷히며 민호의 눈빛이 강렬해지기 시작했다.

두 사람이 자신의 눈을 바라보자 하던 이야기를 계속 진행하는 민호.

"경제연구소가 탄생한 지 한 달 반이 지났습니다. 모두 훌륭히 각자의 역할을 해주고 있습니다. 제가 기대했던 것보다도 더. 그러나!"

"……."

"해야 할 일은 산더미. 인원은 총 여섯 명. 조금 전에도 그렇습니다. 동시에 세 가지를 해야 합니다. 누가요? 제가요? 아닙니다. 여러분들이 도와주셔야죠. 안 그렇습니까? 그런데… 짧은 시간 내에 그 세 가지가 과연 가능할까요?"

쉽지 않았다.

이들은 동전을 넣으면 바로 뱉어내는 자판기가 아니기에.

더구나 서로 손발이 맞는 사람들은 딱 정해졌다.

민호는 이 고민을 한 달 내내 해왔다.

처음에는 타 부서에서 인재들을 발탁하고, 나중에 신입을 받아들여 경제연구소가 할 수 있는 일을 더 가공하면 될 거라고 여겼다.

그러나 그게 아니라는 것을 한 달 후에 깨달았다.

이미 섞이지 않은 물과 기름과 같은 조직 안에 사람들이 들어오면 더 삐걱거릴 수밖에 없었다.

심지어 아까도 타인을 이해하지 못하는 이정근과 권순빈의 충돌이 있었다.

호칭 문제로 시작했지만, 그게 진짜 문제가 아니라는 걸 민호는 알고 있었다.

이정근도 예전에 민호에게 호칭 문제로 많은 지적을 받았다.

그런 그가 권순빈이 민호를 대장이라고 부르는 문제를 걸고넘어졌을 때, 단순히 호칭이 아니라 사람이 맘에 들지 않아서라는 것을 왜 모르겠는가.

이처럼 조직을 정비해야겠다고 마음먹은 시기는 신혼여행을 비즈니스 겸해서 갔을 때.

자기 일을 대체할 수 있는 사람이 없다고 생각하니 더 절실해졌다.

그래서 그는 결심했다. 경제연구소의 한 명 한 명을 일당백으로 만들기로.

최소한 자신이 동쪽에서 일을 추진하고 있을 때, 서쪽에서 일을 봉합할 사람이 있어야 한다고 여겼다.

그 작업의 시작!

"강 과장님은 임동균 씨가 싫으십니까?"

"솔직히 불편합니다. 정근이가 지금까지 손발을 맞춰왔고…."

"그럼 이정근 씨와 계속 손발을 맞추세요."

"네?"

이건 또 무슨 소리인지.

강태학은 영문을 모르겠다는 눈빛으로 민호를 바라봤다.

"이정근 씨랑 일하지 말라는 이야기가 아닙니다. 군대로 치면, 사수 부사수의 관계 아닙니까? 제가 강 과장님을 오래 겪어보지는 못했지만, 벌써 이정근 씨를 품었습니다. 그럼 다른 사람을 왜 못 품겠습니까?"

"그럼 아까 그 일 정근이랑 같이하라는 뜻입니까?"

"아니요."

"……?"

"아까 그 일은 임동균 씨랑 하세요. 다른 일 할 게 있으면 그건 이정근 씨랑 하는 거 안 말립니다."

이제야 대충 민호의 뜻을 파악한 강태학.

이건 자신을 위해 민호가 주는 훈련이었다.

인간관계를 넓이라는.

예전에도 민호는 쭉 말해왔다.

그래서 노력했지만, 인간의 습성은 쉽게 바뀌지 않았다.

사실 지금 자신이 이 자리에 앉아 있는 것도 사람을 쉽게 받아들이지 못한 습성 때문이 아니겠는가.

그는 일어섰다.

"알겠습니다. 해보겠습니다. 정근이는 정근이대로 일 가르치고, 임동균 씨와는 손발이 안 맞더라도… 제 식으로 끌어보겠습니다."

자기식으로 한다는 말에 민호는 피식 웃었다.

강태학이 절대 버리지 못하는 '고집'을 또 한 번 느꼈기 때문이다.

그러나 최소한 고집 하나를 버렸다.

다른 사람과 싫어도 부대껴본다는 것.

"나가서 이정근 씨도 설득할 수 있죠?"

"네."

강태학은 짧게 대답하고 나갔다.

남은 사람은 강성희.

민호와 강태학의 대화를 다 듣고 분명히 그 의도와 뜻을 알았을 텐데도, 그녀는 같이 일어서지 않았다.

원래 인간관계 능력과 이해력은 강태학보다 그녀가 훨씬 더 낫다.

그렇다면….

"동균이랑 순빈이랑… 우리 셋이 같이 일하지 말라는 뜻 잘 알겠어요. 그래도… 전 이해가 안 돼요. 특히 아까 순빈 이랑 이정근 씨는 정말 앙숙이에요. 강 과장님이 동균이를 리드하고, 제가 송초화 씨랑 잘 맞추면 상관없긴 한데… 그 둘은….

"제가 데리고 다닐 건데요."

"……?"

"그것보다 송초화 씨랑 같이 맞춘다는 생각을 해줘서 고마워요. 전 강성희 씨가 그녀를 꽤 꺼리는 줄 알았는데."

민호는 강성희가 왜 송초화와 함께하는 걸 싫어하는지 잘 알고 있었다.

이미 송초화에 대한 신상은 머리에 다 들어와 있었다.

그녀가 여성을 좋아한다는 것도.

102 **Holic**
: 그의 직장 성공기 **7**

특히 연상의 여성과 많은 관계를 맺었던 송초화의 여성 편력을 강성희가 만들어 놓은 속칭 〈X 파일〉을 다 본 상태였다.

그러나 확실히 송초화는 인재였다.

한국대학교 조기졸업과 경제능력 평가 만점에 5개 국어 능통자.

마지막으로 글로벌의 상반기 신입 사원 중 면접관들이 그녀를 최고라고 입 모아 이야기했다.

개인 신상이 안타깝기는 했지만, 민호로서는 오히려 일하기 편했다.

다만 강성희가 받아들이는 이유가 신기해서 물었는데….

"얼마 전에 송초화 씨가 실연을 당했거든요."

"실연이라면… 그녀의 여자 친구와?"

"네. 그렇죠."

"그렇다면 더 조심해야 하는 거 아닙니까?"

"그런데… 그녀가 이정근 씨에게 마음의 문을 여는 거 같아요. 둘이 데이트를 몇 번이나 했거든요."

"헐….".

이건 민호도 예측 못 한 결과였다.

그는 마음속으로 이정근의 분투를 빌며 유리회의실 창문 밖을 보았다.

진짜 강성희의 말대로 그녀의 곁에서 맴도는 이정근이 보였다.

송초화 역시 웃으며 그의 말을 받고 있었다.

그 모습을 보자 자신도 모르게 미소가 다시 매달린 민호.

작년에 자신과 유미의 사내연애 장면이 떠올라서 더욱 이정근을 응원해주고 싶었다.

홀릭

HOLIC : 그의 직장 성공기

159회. 글로벌의 성장

치열했던 4월, 행복했던 5월이 지나갔다.

날은 점점 더 더워지고. 이제 낮에 걸어 다니면 슬슬 양복 입은 샐러리맨의 몸에 땀이 차는 계절이 다가왔다.

그렇게 맞은 6월의 첫 번째 월요일.

재계에 신선한 바람이 불고 있다는 뉴스가 증권가에 감돌았다.

처음에는 미풍인 줄 알았는데, 점점 강해지는 그 바람에 사람들의 이목이 쏠리고 있었다.

바로 글로벌 그룹의 이야기다.

"…지난달, 5월 기준 글로벌 무역상사의 코스피 시가 총액 순위가 딱 백 위입니다. L&S와 계열 분리한 이후 처음입니다."

강태학의 보고를 듣는 민호의 얼굴에 미소가 감돌았다.

무역 상사만으로는 단독 6위.

달마다 한 계단씩 상승하는 것 같았다.

그럴 가능성은 적지만 올해 안에 1위 찍는 건 아닌지 기대가 된다.

아니다. 기대가 아니라 기정사실로 만들어야 한다.

최소한 김민호라는 이름 석 자가 손을 대면 최고가 되어야 한다고 생각했다.

그렇게 생각하니 왠지 모르게 뿌듯했다.

그동안 해 놓은 것들이 점점 열매를 맺어 돌아올 때, 과수원을 가꾸는 보람이 생기는 법.

민호는 오늘 역시 과일을 따는 심정으로 글로벌 그룹의 계열사가 거둔 성과를 듣고 있었다.

"글로벌 마트 부산, 인천, 광주점의 공사가 들어갔습니다. 지난달 인수하고 처음으로 글로벌 건설에서 시공하고 있습니다."

무역 상사가 아닌 다른 곳의 이야기가 나오자 약간 얼굴을 굳히는 민호.

끝도 없을 것 같았던 건설 경기의 불황은 이제 바닥을 찍었다는 평가가 지배적이었다.

실제로는 그 이상이다.

정부에서 부동산 정책이 계속 이어지고 있는 가운데, 그동안 숨죽이던 건설사들이 기지개를 슬슬 켜고 있었다.

지난달 인수한 글로벌 건설도 기지개를 켜야 하는데, 아직은 별다른 성과가 없었다.

3.2억 불짜리 인도네시아 석탄 화력 발전소의 수주로 한숨 돌린 것이 유일한 위안거리.

오후에 건설을 들른 민호에게 조명회 신임대표도 한탄했다.

"듣자하니 경제연구소에서 뭐 좀 던져준다던데…. 저번에 송 대표가 그러더라고. 이번에 출시한 MSG가 날개 돋친 듯 팔린다고 자랑질이야. 거기다가 인도네시아로 라면 수출도 엄청나고… 또 새로운 상품도 만든다면서. 수출용 국내용 따로."

"그건… 제가 한 게 아니라 정유미 대리가…."

"어허… 이 사람이. 나를 바보로 아는 건 아니지? 자네가 나 여기 대표 시킨 거 아냐? 그럼 뭔가 내놔야 하잖아. 실적도 없이 이대로 적자만 계속되면… 명예롭게 은퇴했다가 다시 복귀해서 불명예스럽게 잘려. 설마 이러려고 나 여기다가 앉힌 거 아니지?"

"설마요. 그럴 리가요?"

우는소리를 하는 조명회.

하지만 사실이었다. 글로벌 건설은 아직 적자를 면치 못하고 있었다.

인도네시아의 화력 발전소는 7월부터 시공에 들어가기에 대금 결제도 받지 못한 상태.

따라서 글로벌 그룹이 옆에서 서포트해주는 것이나 마찬가지였으니 체면이 서지 않는다고 계속 말하는 이유가 있었다.

"대신 동시에 마트를 세 군데나 확장하지 않습니까?"

동시에 세 군데나 확장하는 이유가 바로 그 때문이다.

원래는 이번에 개장하는 글로벌 마트 평택점의 성공을 눈으로 목격한 후 부산점 하나만 열려고 했던 계획을 바꿨다.

약간 무리하는 것이나 마찬가지인데, 어차피 이 '무리'라는 것도 글로벌이라는 큰 울타리 안에서 손해 보는 것이다.

그룹에서 대금 결제를 한 돈은 글로벌 건설로 흘러들어가는 것이니까.

그런데 그조차도 별로라고 생각하는 조명회.

"그게 몇 푼이나 된다고? 그러지 말고 좀 풀어봐. 응?"

뭔가 많이 알고 있다는 눈빛으로 민호를 보며 다시 졸라대기 시작했다.

조명회는 박상민 사장보다 다섯 살이나 위였다.

누구나 나이순으로 먼저 성공할 수 있다면 좋겠지만, 다 능력과 운, 그리고 배경에 따라서 천차만별인데, 그 역시 박 사장에게 뒤진 것은 사실이다.

하지만 경험 하나만은 녹슬지 않았다.

바로 그 경험이 전수되어야 한다고 생각해서 민호가 그를 끌어낸 것 아니겠는가.

그렇다면 책임지라는 식으로 말하는 그에게 결국 민호는 살살 달래기 시작했다.

"대표님께 뭐라고 할 사람은 아무도 없습니다. 부임하신 지 아직 보름도 안 됐는데."

"어허… 보름도 안 된 게 아니라, 보름씩이나 된 거지. 임원들과 중역들의 신뢰를 얻어내려면! 뭐 하나 떡밥을 큰 거 던져줘야 한단 말일세."

"정 그러시면…."

이 부분에서 민호는 어쩔 수 없다는 듯이 고개를 좌우로 저었다.

조명회의 말도 일리는 있다고 생각했기에, 어느 정도 사업 계획의 윤곽을 꺼내 들었다.

"인도네시아에서… 큰 거 하나가 이달 말에 있습니다."

"큰 거? 그게 뭔데?"

드디어 나올 게 나왔다. 조명회 대표의 눈이 반짝였다.

그 표정을 보니 또 기분이 좋아졌다.

나이가 들수록 어린애와 비슷해져 간다더니, 그의 미래는 혹시 종로 큰손처럼 되는 게 아닐까 그림을 그려보는 민호.

원래 오늘쯤 말하려고 한 자카르타 재개발 사업을 듣고 그의 얼굴이 더 펴지기를 기대했다.

그래서 미소를 지으며 다시 입을 열려는 그 순간.

똑똑.

누군가 문을 두드리는 소리가 두 사람의 귀에 들렸다.

(대표님.)

밖에서 비서의 목소리가 들렸다.

아주 맛있는 떡밥을 받아먹으려던 때에 방해자가 등장했다고 생각한 조명회.

그래도 어쩔 수 없었다.

"들어와."

그는 다급하게 들어온 비서를 향해 표정으로 이유를 물었다.

왜 방해했느냐고.

비서가 말을 꺼내려 할 때 민호도 자신의 스마트폰이 울리는 걸 들었다.

"잠시만 나갔다 오겠습니다."

"아, 이래저래… 방해가 많구먼. 빨리 와."

"네."

민호는 나가자마자 전화를 받았다.

다름 아닌 권순빈이었다.

이곳에 온다는 걸 분명히 알 텐데.

또한, 조 대표와 대화 중이라는 걸 인지했을 텐데.

'급한 일이다.'

그럼에도 불구하고 자신에게 전화했다는 것은 급한 일이

분명했다.

"여보세요?"

(대장, 큰일 났습니다.)

"뭡니까?"

(인도네시아 정부에서 자카르타 재개발 계획을 발표했어요.)

"……!"

예상하지 못한 일이었다.

자카르타 슬럼가 개발 계획.

지난번 인도네시아에 도착했을 때, 첸다 그룹의 푸칸이 넌지시 알려주었던 그 사업.

다름 아닌 푸칸이 알려준 시기와 완전히 달라졌기 때문이다.

6월 말쯤 돼서 인도네시아 정부에서 발표한다고 전달받았는데, 생각보다 훨씬 더 이른 시기에 터졌다.

글로벌 건설회사에서 전혀 준비되지 않았으니, 이제 시간상으로 매우 촉박해졌다.

입찰이 6월 말이라고 했는데, 개발 계획에 발을 들이기 위해서 어마어마하게 일해야 한다.

물론 건설회사에서 해야 하는 일이기는 하지만, 민호가 돕지 않을 수 없었다.

이정근을 대동하고 글로벌 건설을 매일 같이 드나드는 이유가 바로 그 때문이었다.

다시 대표실로 들어갔을 때, 증권 TV를 시청하고 있는 조 대표와 그의 비서.

– 자카르타에서 대규모 개발 계획이 발표되었습니다. 민간과 토목 둘 다 인도네시아 사상 최대규모로 개발되는 이 사업 발표로, 국내 건설 기업들이 촉각을 곤두세우고 있는….

"음…."

TV를 지켜보고 있던 조명회는 자신도 모르게 침음성이 나왔다.

그리고 민호에게 시선을 돌리며 이렇게 말했다.

"아까 자네가 말해주려고 했던 게 바로 저것이었나 보군."

"……."

민호는 대답하지 않았다.

대답할 수 없었다.

이미 언론에서 발표하고 준비한다면 때가 늦었다는 걸 알고 있었기 때문이다.

물론 그렇다고 포기한다는 이야기가 아니었다.

규모 자체가 매우 컸기에, 그 어떤 건설회사도 숟가락을 얹을 만했다.

다만 늦게 출발하면 그만큼 가져갈 파이가 줄어든다는 사실.

그걸 알았기 때문에 조 대표에게는 할 말이 없었다.

분명히 고의적으로 늦게 알리려고 한 것은 아니었는데….

"죄송합니다."

민호는 처음으로 조 대표에게 사과하고 말았다.

"어? 뭐가?"

"……."

"아, 저거? 에이, 백만 가구라잖아. 아마도 저건 인도네시아 자국 내 건설회사로 갈 거고, 그럼 남은 건 토목 쪽과 상가 건물이야. 그쪽에서 많이 가져오면 되지. 뭐가 걱정이야. 하하하. 오히려 의욕이 불끈 솟는데?"

말은 그렇게 했지만, 민호가 의기소침하지 않게 하려고 더 힘을 주는 모습이었다.

다행스럽게도, 아니 조 대표가 착각하는 게 있었는데, 민호는 의기 소침하는 편이 아니었다.

바로 얼굴을 들고 강렬한 눈빛으로 조명회에게 말했다.

"정말이시죠?"

"응?"

"그럼… 다시 한 번 뛰어보겠습니다. 사실 전… 저쪽에 백만 가구 쪽도 노리고 있었거든요."

"……!"

"늦지 않았다고 생각하시니 다행입니다. 밤을 새워서라도 일감을 물어다 드릴 테니… 조 대표님도 잠을 조금 줄이셔야 할 겁니다. 하하하."

"하…하…하…."

끊기듯이 이어지는 조 대표의 웃음소리를 들으며 민호는 글로벌 건설에서 나왔다.

나오면서 바로 같이 왔던 이정근에게 연락을 취했다.

자신이 이정근을 데리고 다니면서 혹독하게 훈련시키는 방법.

민호는 조 대표에게 양해를 얻어 기획 조정실에 이정근을 집어넣었다.

이정근한테는 숙제를 냈다.

현재 글로벌 건설에서 인도네시아 민간 주택을 좀 더 싸고 효율적으로 지을 수 있는 계획을 세워보라고.

문제는 그걸 듣기 위해서는 민간 주택 가옥을 민호가 따내야 하는데, 현재로서는 약간 골치 아프게 생겼다.

계획했던 것이 틀어져, 이제 다른 방향으로 접근해야 할 상황이 되었기 때문이다.

이정근과 함께 본사에 들어오자 그에게 다가오는 한 사람.

"대장!"

"네?"

"드디어 알아냈습니다."

"……."

갑자기 큰 덩치로 민호의 시야를 가리면서 나타난 권순빈.

그 역시 인도네시아 슬럼가 개발 산업을 함께 하고 있

었는데, 이정근이 민호와 함께 움직인 데 반해, 그는 나름 대로 정보를 수집하고 있었다.

"지난달 대장이 인도네시아에서 돌아온 그 날 방정구가 출국했었네요."

"……!"

"그때 인도네시아에서 고위층과 만나서 이야기가 오간 게 확실합니다."

정보를 취급하는 사나이다.

확실한 게 아니면 말하지 않는 권순빈이기에 민호의 눈은 커졌다.

그러고 보니 당시에 방정구를 만났다.

내기 장기를 둘 건지 장난삼아 물어보기는 했지만, 현재까지 아무 대답이 없었는데….

"그동안 거기에 가 있었군요."

민호의 머리가 환해졌다.

개발 계획이 생각보다 더 빨라진 이유는 바로 방정구 때문이라는 가설.

아마도 그 가설은 결론이나 마찬가지일 것이다.

다만 의문점 하나가 남았다.

왜?

도대체 방정구는 왜 그 개발을 노리는 것일까?

여기서 생긴 의문점은 그 이전 과정까지 이어졌다.

4월부터 L&S 건설의 매수를 JJ 사모펀드가 해왔던 이유.

그래서 그는 권순빈에게 말했다.

"최근에 JJ 사모펀드의 대표가 바뀌었다고 했죠?"

"네, 지난달에요."

"그 이후 다른 움직임은 없었는지 살펴봐 주세요. 예를 들면… 건설이나 중공업 쪽의 회사를 인수하려는 움직임이요."

"네, 알겠습니다."

그렇게 모든 지시를 끝내고….

민호는 최후의 수단을 쓰는 것도 고려해봤다.

방정구와의 장기 한 판!

물론 이때에는 장기가 목적이 아니다.

그걸 핑계로 만나서 겨루는 심리 싸움.

상대의 눈빛과 말 한마디로 얻어낼 자신은 물론….

있었다.

다시 한 번 민호의 눈이 빛나기 시작했다.

HOLIC : 그의 직장 성공기

160회. 보고 싶었어요.

백제 호텔 비즈니스 룸 1103호.

안재현은 중견 건설 회사를 인수하기 위해서 사인 하나를 남기고 있었다.

쓰윽. 하고 힘 있게 들어가는 그의 필체.

그가 가장 아끼는 독일제 펠리컨 만년필을 꺼내 들고 쓰는 기분이란….

"끝난 겁니까?"

앞에는 물건을 파는 주체, 즉, 중견 건설 회사의 대표가 사인한 종이를 보며 물었다.

그는 도장을 신뢰한다.

나이도 칠십 정도 된 것 같은데, 노안에 돋보기안경을

쓰고 계약서를 다시 읽어보기 시작했다.

그게 안재현의 마음에 꽤 들지 않았다.

건설 회사를 사들이는 데 생각보다 더 가격을 지불했다는 점도 짜증이 났는데, 읽었던 계약서를 또 읽으며 시간 낭비하는 상대를 뱀눈으로 째려보았다.

만약 신지석이 나서지 않았다면, 상대는 안재현의 성격을 제대로 맛보았을 것이다.

"서둘러 주십시오. 회장님이 바쁜 분이시라."

"아, 네, 네. 그래야죠. 죄송합니다, 정말 죄송합니다."

말투로 보아 미련이 상당히 남은 것 같았다.

하긴 평생을 건설 회사에 바쳐왔으니 그럴 만도 했다.

그러나 그건 그 사람의 사정이라고 생각한 안재현.

그의 입장에서 자신은 부도 위기에서 부채까지 끌어안으며 인수해 준 은인이다.

꾹!

도장을 찍는 상대를 불같은 눈으로 다시 한 번 노려보며 안재현이 일어섰다.

"저 영감 빨리 치워."

"……."

뒤처리는 언제나 신지석의 것.

달래든지 협박하든지 간에 그 노인을 안재현의 눈에서 치우면 될 일이었다.

그렇게 노인이 사라지고 나서 옆에 있던 이용근이 말했다.

"인도네시아에서 자카르타 슬럼가 개발 계획이 발표되었습니다. 무려 백만 가구 주택 건설입니다."

경제 뉴스를 챙겨보는 안재현이다.

이미 알고 있는 내용이었다.

"사상 최대 규모로 진행되는 재개발 사업을 위해서 좀 더 서둘러야 했었는데…. 미리 파악 못 한 점 죄송합니다."

이용근의 보고를 듣고 안재현의 입꼬리가 살짝 말려 올라갔다.

오늘 오전 인수할 회사를 물색하고, 오후에 협상에서 지금 이 자리에 앉기까지.

만 하루도 걸리지 않았다.

이용근이 아니었다면 할 수 없는 일이었다.

칭찬해줘도 마땅할 상황에서 이용근은 머리를 숙이고 잘못을 시인했다.

나쁘지 않았다.

회사 내에 모든 사람이 이용근의 반 정도만 해도 세계로 도약하는 자신의 그룹을 좀 더 앞당길 수 있을 텐데….

"겸손이 지나치면 교만이다. 너 아니었으면, 인도네시아 개발 산업에 숟가락도 얹지 못했을 거야. 그나저나… 그 나라가 이제 배가 불렀나 봐. 백만 가구라…. 찢어지게 가난한 애들만 있는 줄 알았는데 말이야."

이용근은 그의 말을 듣고 속으로 살짝 웃었다.

사실 인도네시아는 그의 말처럼 완전한 빈국이 아니었다.

GDP 규모 16위.

손꼽히는 자원 부국이었기에 개발 비용은 충분히 감당할 수 있었다.

다만 언제나 기술이 문제였다.

지난번 민호가 화력발전소를 입찰받았을 때, 기술 제휴를 하겠다고 선언한 것은 절묘한 한 수라고 생각했다.

언제나 느끼는 라이벌 의식.

그에게 질 수 없다고 생각했다.

그래서 이번에 이용근은 다른 방향으로 자신의 계획을 전달했다.

"아마 주택 시공은 인도네시아 건설회사들이 맡겠지만, 도로와 플랜트, 빌딩 등 어마어마한 파생 건설 사업으로…."

"돈 되는 일이지. 그리고 뒷짐만 지고 볼 수는 없는 거고 말이야."

"그렇습니다. 더구나 얼마 전에 글로벌의 김민호가 첸다 그룹과 손을 잡았습니다."

그 말을 듣고 안재현은 눈과 눈 사이를 좁혔다.

원래 첸다 그룹과 친분이 있는 것은 자신이었다.

하지만 L&S 건설을 먹지 못했기에 이미 그 시기를 놓쳤다.

아쉬운 일이었다.

그러나 그의 인생에서 잘못한 일을 되돌아보는 경우는 단 한 번도 없었다.

"그쪽은 맨날 나누어 먹는 밥상만 찾는군. 잘됐어. 이참에 우리는 독립적으로 간다. 우리 회사 인도네시아 법인에 건설회사 임원들 더 집어넣어. 인도네시아 정부 쪽에 연줄 있는 사람으로. 돈은 얼마가 들어도 좋으니까, 찌른 돈 수백 배로 받아내라고 해. 아니, 이참에…."

"……."

"백만이라고 했지? 주택 건설이."

"네, 그렇습니다."

"그것도 다 먹자. 다 먹을 생각하고 계획 짜 봐."

"네, 알겠습니다."

이용근의 대답에는 의지가 섞여 있었다.

그 역시 안재현과 같은 생각이다.

이왕 건설과 설비에 손을 댄 이상 막대한 이윤을 얻는 게 회장의 뜻이요, 이용근의 의지였다.

다만 한 가지 더 얻고 싶은 게 있었다.

"저… 드릴 말씀이…."

"뭐지?"

전공을 세웠으니 마땅한 상을 달라는 뜻인가?

안재현의 눈에 그 질문이 새겨졌다.

사실 맞았다.

"정보팀을 이용하고 싶습니다."

이용근이 달라고 하는 상.

그것을 듣고 안재현은 더 즐거운 마음이 들었다.

이런 상이라면 못 줄 이유가 없었다.

"그렇게 하도록."

순간 불타오르는 이용근의 의욕이 눈에 보였다.

그런데 옆에서 듣고 있던 신지석의 눈 밑이 떨렸다.

자신이 심혈을 기울여서 만든 회사 내에 정보팀.

죽 쒀서 개 준다는 의미가 바로 이런 걸까?

다행히 안재현이 중립을 잡아주었지만,

"그래도 신 실장과 항상 상의해야 해."

이건 확실히 이용근의 손을 들어주는 것이나 마찬가지였다.

물론 그게 끝은 아니었다.

"그리고 이 실장."

"네, 회장님."

"너무 틀어박혀서만 일하는 건 안 좋은 버릇이야. 김민호는 말이야. 항상 움직여. 머리 좋은 놈이 움직이니 늘 예상 외의 결과를 뽑아낸다고. 배울 점은 배워야지 안 그런가?"

"…네… 그렇습니다."

순식간에 이용근 역시 손으로 움켜잡은 안재현.

그 말을 남기고 떠나자 이용근의 얼굴이 잠시 구겨졌다.

살짝 통쾌했는지, 신지석은 그에게 이 말을 남기고 떠났다.

"그럼 정보팀 김명철 과장에게 말해놓겠습니다."

김명철은 올 초에 섭외한 블랙해커였다.

신지석이 만든 정보팀을 그가 인솔했다.

원래 '독고다이'를 좋아하는데, 그를 설득하는 시간과 노력을 상당히 기울였다.

그래서 이른 시간 내에 자신의 수족으로 만들어 놓았다고 자부하는 신지석.

아무튼, 자신의 말을 이용근이 들었는지는 알 수 없었는데, 다음 날 되니 확실히 느꼈다.

아무리 그래도 사용할 건 확실히 사용하는 이용근이라는 것을.

내선으로 연락이 오자마자 어젯밤 알아낸 따끈따끈한 소식과 함께 그를 이용근에게 보냈다.

"방정구가 인도네시아에 갔다 온 사실이 확인되었습니다."

"아, 그래요? 혹시 그쪽도… 이번 개발 계획 때문인가요?"

"맞습니다. 방정구가 접촉한 고위직들이 인도네시아 정부를 움직인 것 같습니다. 어차피 공표할 개발 계획이라면 한 달 더 앞당기자고."

"그렇다면 미리 준비한 쪽에 더 유리하다는 건데… 방정구가 벌써 준비하고 있었다는 말이군요."

이용근의 추측에 김명철은 대답하지 못했다.

자신이 대답하기에는 알 수 없는 내용이었기 때문이다.

김명철이 보고를 마치고 나가려고 할 때, 이용근의 눈이 빛났다.

갑자기 지시해야 할 게 떠올랐다.

"JJ 사모펀드에서 건설이나 중공업 쪽의 회사 주식을 매수하는지 알아봐 주세요."

⚜

아무리 생각해도 모를 일이었다.

며칠 동안 알아봤지만, JJ 사모펀드가 건설 쪽에 손을 댄 흔적은 전혀 없었다.

권순빈의 능력이 나쁘면 모를까, 이 바닥의 정보 수집 능력은 최고 중에 하나라고 일컬어졌다.

거기다가 혹시나 몰라서 강성희와 임동균까지 동원했는데, 결국 알아내지 못했다.

이들은 단순히 '블랙 해커' 가 아니다.

정보를 수집하고 가공하는 능력이 종로 찌라시 공장에 있을 때부터 갈고 닦으며 대한민국에서 최고 수준으로 발전한 고수들.

그들이 발견하지 못했다면, 발견하기 불가능한 일을 방정구가 한다고 생각해도 무방했다.

그래서 다시 움직이기 시작한 민호.

그는 자신이 날 때부터 천재적인 사람이 아니라고 생각했다.

후천적으로 우연히 능력을 습득했으니, 예전의 버릇은 여전히 남아있었다.

즉, 답이 나오지 않자 이제 몸으로 움직이는 방법을 선택했다는 뜻이다.

행동파 천재, 민호가 가장 먼저 들른 곳은 카페 휴(休)였다.

퇴근 시간 즈음해서 들른 룸살롱.

벌써 많은 손님이 이용하는 중인지 몰라도 들어가자마자 바쁘게 돌아다니는 웨이터들과 여자들이 눈에 띄었다.

그러다가 자신을 알아본 아가씨 한 명.

한 번쯤 본 얼굴이 익숙한 그녀였다.

"어? 오셨어요?"

"네, 잘 지내셨…."

"언니! 희재 언니! 그분 오셨어!"

인사도 다 못한 민호.

어색한 웃음을 지었다.

이곳에서 자신을 '그분'으로 통칭하고 있나 보다.

어쨌든 잠시 후 희재가 놀란 눈으로 튀어나왔다.

그녀 역시 변한 게 없어 보였다.

트레이드 마크인 검은색 옷. 매번 종류는 달랐는데, 오늘도 정말 그녀에게 잘 어울렸다.

한편, 희재는 뜻밖이었다.

민호가 찾아와서 깜짝 놀랐다.

결혼하고 나서 그가 다시는 들르지 않을 줄 알았기 때문이다.

그녀답지 않은 목소리가 육감적인 입술에서 튀어나왔다.

"오셨어요?"

그녀답지 않은 목소리란 무엇일까?

차가우면서 끈적끈적한, 때로는 카리스마도 섞여 있는 그 음성.

그런데 지금은 전혀 아니다.

소녀 때 짝사랑하던 남자 선생님을 생각하면서, 그때의 목소리가 자신도 모르게 나왔다.

눈빛은 달랐다. 그녀의 눈빛에는….

'보고 싶었어요….'

라는 말이 잔뜩 쓰여있었다.

그걸 눈치 못 챘는지, 아니면 모르는 척하는 것인지.

민호는 밝은 웃음으로 그녀에게 인사했다.

"네, 하하하. 그동안 잘 지내셨죠?"

웃는 모습의 민호를 보니 살짝 가슴이 떨려왔다.

이미 다른 사람의 남편이라도 어쩔 수 없는 법.

그를 향한 자신의 마음을 강제로 중지할 가능성은 평생 없을 거라고 여겼다.

어차피 이 바닥에서 생활하다 보면, 총각보다 유부남을 더 많이 만난다.

그들은 언제라도 돌아온 싱글이 될 수 있다.

민호 또한 그렇게 되지 않으리라는….

'그럴 리가 없지….'

그녀의 눈에 담긴 예측.

민호는 절대 그럴 사람이 아닐 것 같았다.

지난번 결혼식에 유미와 다정했던 민호.

둘 사이의 신뢰는 감히 자신이 비집고 들어갈 수 없었다.

세상에 천생연분이 있다면 바로 그들이라고 말할 수 있을 만큼 그들이 보여주었던 애정의 벽은 공고했다.

"…그래서 찾아왔어요."

생각에 빠져있던 희재가 제정신으로 돌아왔을 때, 민호의 찾아온 용건은 계속 이어지는 중이었다.

"어쩌면 희재 씨가 알고 있을지도 모른다고 생각했으니까요."

듣고는 있었다.

그런데 눈으로는 계속 그를 바라보았던 희재였다.

속으로 화들짝 놀랄 수밖에 없었다.

그가 자신의 마음을 눈치챌까 봐.

그래서 애써 목소리를 가다듬고 재빨리 반응했다.

"이미 찌라시 공장의 용팔이에게 제가 알고 있는 정보는 다 넘겼어요."

"알고 있습니다. 그런데… 희재 씨가 불확실한 정보를 넘기지 않는다는 것 또한 알고 있습니다. 불확실해도 좋습니다. 그냥 그거라도 좋으니…"

"……"

"알려주세요."

민호의 눈빛이 더 강렬해졌다.

최소한 희재의 눈에 비친 지금.

이미 다른 여자의 남자가 된 그는 더 강렬한 매력을 내뿜고 있었다.

한편으로는 더 건드릴 수 없는 곳에 있다는 느낌 또한 들었다.

그냥 마음 한쪽에 간직하면서 가끔 꺼내야 할 사람.

이제 그 길밖에 없다고 생각하면서….

자신도 모르게 그가 주문한 내용을 입에서 꺼내기 시작했다.

홀릭

HOLIC : 그의 직장 성공기

161회. 내가 너···

불확실해서 꺼내는 것을 상당히 싫어하는 희재.

하지만 민호의 주문에 배겨내지 못했다.

곧 그녀의 분홍색 립스틱을 바른 입에서 민호의 귀에 쏙 쏙 박히기 시작한 정보가 새어 나왔다.

"잘은 모르겠지만··· 아이들이 이야기하는 걸로는 국내 의 건설회사는 건드리지 않은 거 같아요."

"······!"

민호의 눈이 밝아졌다.

입가에 미소가 진해졌다.

이 정도면 완벽한 단서나 마찬가지.

더구나 한 번 이야기를 꺼내자 희재는 계속 단서를 던지고 있었다.

술집을 이용하는 많은 남자!

그들의 입에서 나오는 이야기들!

그것을 모두 모아서 조합한 결과, JJ 사모펀드에서 국내 건설회사는 '아직'이라는 결론을 내렸다고 한다.

여기서 희재는 좀 더 기다리자는 방침을 세웠다.

정보가 완벽하게 조합되면, 종로 찌라시 공장을 이끌고 있는 용팔이든지….

아니면 지금 자신의 앞에 매력적인 웃음을 짓고 있는 민호에게 직접 알려줄 생각이었다.

사실 후자의 경우를 계획했다.

완벽히 가공된 정보를 핑계 삼아 민호를 한 번 더 보고 싶었다.

바로 민호의 다음과 같은 말을 듣고 싶었으니까….

"고맙습니다. 희재 씨, 정말 고맙습니다. 하하하."

잠시 후 카페 휴(休)를 나오는 민호의 얼굴에 든 확신.

주차장에 세워 놓은 차에 들어가 단톡방을 열었다.

- 인도네시아 건설회사 쪽으로 알아보세요.

곧이어 바로 경제연구서 블랙해커들의 답변이 들어왔다.

- 라저, 대장.

- 형님, 접수.

- 맡겨주세요, 오라버니.

그렇게 파기 시작한 인도네시아 건설회사

파면 팔수록 대단했다.

어디서 이렇게 무한정 자금이 나오는 것일까?

며칠 후 민호는 권순빈의 보고를 듣고 JJ 사모펀드의 자금력에 놀라움을 금치 못했다.

"그러니까… 인도네시아의 민간 건설 기업 중 자산 순위 3위와 7위를 인수한 것 같다는 말이죠?"

"네, 맞아요, 대장."

"그럼 돈은요? 도대체 왜 그렇게 돈이 많은 겁니까?"

"그건 저도…."

물어봤자 소용없는 질문을 하고 있었다.

민호도 답이 없다는 걸 알면서도 질문했다가, 바로 그에게 사과했다.

"미안합니다. 권순빈 씨가 그걸 알 리가 없는데…."

그런데 그게 살짝 권순빈의 자존심을 건드린 것 같았다.

고개를 잠시 숙이고 나가더니 컴퓨터를 열고 열심히 자판을 두드리는 그의 모습.

민호가 그것을 보았다면 죄책감이 약간 생겼을까?

그건 모르겠지만, 민호의 시야는 늘 자신의 것에 한정되었다.

그는 현재 몇 가지 일을 동시에 해야 한다.

인도네시아 재개발 사업에 맞춘 사업 계획을 짜는 것만으로 손이 많이 갔다.

그 이유는 장단기 계획을 모두 건드려야 하기 때문이다.

자리에서 일어나 사무실 출구를 향하는 그의 입이 재빨리 열렸다.

"이정근, 나가자."

"헐… 저 밥 먹고 방금 들어왔는데요. 커피 마실 시간은…."

"거짓말하지 마. 아까 온 거 다 봤어."

조금이라도 송초화와 있는 시간을 늘려보려고 했던 이정근의 속셈이 무위로 돌아갔다.

그의 사랑에 응원은 하되, 공사의 구분을 더 시켜야 한다고 생각한 민호는 운전대를 잡은 그에게 말했다.

"너무 뻔히 보인다. 회사에서는 좀 자제해라."

"……."

"어쭈? 내 말이 틀렸냐? 공과 사는 구분해야 할 거 아냐?"

"맞습니다. 맞는데… 소장님한테 그 말씀 들으니까… 아주 쪼오끔 그러네요. 사내연애의 선두주자셨잖아요."

"어쭈? 맞먹냐? 너랑 나랑 같아? 넌 거기서 내 지시에 따라 운전해야 하고… 난 뒷자리 상석에서 편안하게 가는 거… 아~ 좋다."

민호는 다시 한 번 몸을 뒤로 눕히면서 장난스럽게 이정근을 바라봤다.

"봐봐. 이게 바로 너와 나의 차이잖아. 어디서 감히 말단 신입 사원이 소장에게 까불긴 까불어."

장난인 것 다 알고 있다.

그렇지만 이정근의 동공에 불꽃이 새겨졌다.

자존심이 상했다는 증거였다.

따지고 보면 작년 3월에 입사한 민호와 올해 3월에 입사한 자신의 차이는 겨우 1년.

그 1년 동안 민호는 많은 것을 해냈고, 6월 현재 당당히 회사 내 한 집단의 수장으로 앉아있었다.

자부심이 대단한 자신이 그에게 꿀릴 게 뭔가.

말로는 뭐든 할 수 있다.

일단 보여주는 게 먼저다.

굳은 각오와 함께.

취이이익. 시동을 걸었다.

"그런데 어디 갑니까?"

"JJ 사모펀드."

순간적으로 이정근은 자신의 귀를 의심했다.

그래서 다시 묻는 대신에 뒷자리 상석에 앉은 민호에게 시선을 돌렸다.

미소 짓은 민호의 입에서 다시 새어나오는 목소리.

"정확히 들은 거 맞아. JJ 사모펀드라고."

참 신기한 사람이다.

아까까지는 자신을 약 올리는 데 여념이 없더니, 이제 자신을 놀라게 만들었다.

하지만 거기까지였다.

이정근은 민호에게 JJ 사모펀드에 가는 이유를 물어보지 않으리라고 다짐했다.

대신 추측했다.

이것은 나름대로 기습 공격이라고.

방정구를 급습해서 자신처럼 놀라게 하려는 목적이라고.

그런데 이때 민호가 얻는 게 무엇일까?

솔직히 말하면 놀라게 하는 것을 제외하고는 없었다.

한참을 생각해봐도 답이 나오지 않았다.

이제 슬슬 궁금해졌다.

민호가 그곳에 가는 이유가.

JJ 사모펀드에 도착할 때까지 해결 못 했으니 점점 답답해져 왔다.

그래서 주차한 후에 그에게 물어보려는 찰나.

민호는 내리면서 이상한 말을 했다.

"정근아, 내가 너 믿는 거 알지?"

"……."

"알 거야. 아니까… 열심히 해 인마. 하하하."

이정근은 잠시 멍해졌다.

오늘만 세 번째.

처음에는 약 올리고, 그다음엔 놀라게 하더니, 이번에는…

'뭐지? 근데 저 말을 들으니까. 진짜 날 믿어주는 느낌이 드는 이유가….'

모른다. 아마도 알 수 없을 것이다.

인간관계의 비밀은 풀기 힘든 수수께끼니까.

다만 이성이 발달한 이정근은 모든 것에 해답을 내려야 직성이 풀리는 성격이었다.

어차피 민호가 올라갈 때 자신은 주차장에서 자리를 지켜야 한다.

그때 생각해보기로 했다.

그런데 그럴 여유가 없었다.

"뭐 하냐? 안 나와? 같이 올라가야지?"

"네?"

"같이 올라가자고. 너 머리 좋잖아. 여기 있는 그놈도 나쁜 머리는 아니야. 그러니까 2대 1. 네가 올라가면 우리가 이겨."

도대체 무슨 소리를 하는지 모르겠다.

하지만 이정근은 곧 차 문을 열고 그를 따라갔다.

지금까지 그가 본 민호.

정말 치밀했다.

목적 없이 대충 행동하지 않았다.

이 점에서 자신의 형, 이용근과는 매우 달랐다.

치밀한 부분에서는 공통점이라고 말할 수 있었다.

그러나 이용근의 약점은 행동력이 제한되어 있다는 것이다.

민호와 비교해보면 그는 잘 움직이지 않았다.

머리는 가만히 앉아서도 삼천리를 내다볼 수 있다고 생각하는 사람. 실제로 그는 직접 움직이는 대신에, 사람들을 부리는 걸 좋아했다.

계획을 세우고 그것이 맞아 떨어지는 것에 최대의 쾌감을 느꼈다.

그게 바로 고등학교 때까지 옆에서 지켜본 자신의 형 이용근이었다.

그렇다면 요즘 민호의 또 다른 라이벌로 부상하기 시작한 방정구는 어떨까?

오늘 드디어 이정근은 그자를 체험했다.

단추 구멍 눈에 실실 쪼개는 웃음.

자신을 보고 놀라지도 않았다.

"이정근 씨를 데리고 오셨군요."

"……!"

심지어 자신의 존재도 알고 있었다.

어떻게?

이정근은 잠시 생각했다.

그와 자신이 지금까지 부딪힌 적이 있었는지.

한두 번 있었던 것 같기도 했지만, 자신이 비중 없는 역할이었기에 굳이 알 필요까지는 없었다.

그때 민호의 말이 귀에 들려왔다.

"훈수 좀 들으려고요."

훈수라니? 어떤 훈수를 말하는 건가?

"오신다는 연락을 받고 장기는 바로 준비했습니다."

그걸 보고 알았다.

여기 온다는 것은 기습도 아니었고, 온 목적은 장기를 두기 위해서라는

그렇다.

사실 민호는 오늘 방정구와 장기를 둘 약속을 정했다.

물론 그건 부차적인 목적이다.

진짜 목적은 원하는 것을 최대한 알아가려는 욕심.

단지 이렇게 찾아온다고 과연 방정구가 그에게 진실을 털어놓을까?

절대 아닐 것이다.

하지만 민호는 요즘 누군가와의 대화에서, 심리 싸움에서 힌트를 얻어가는 경우가 많았다.

오늘도 역시 마찬가지.

그것을 얻기 위해서 좀 더 저돌적으로 행동해 봤다.

"제가 장기를 잘 못 둬서 말입니다."

"그래요? 제가 들었던 이야기랑 다르네요. 성혜 그룹 회장이랑 맞짱 떠서 이기셨다고…."

"누구한테 들으셨는데요?"

"저분의 형님이요."

순간 이정근의 눈동자가 흔들렸다.

방정구가 알고 있었다.

자신과 이용근의 관계를.

그럼 혹시 민호는?

그는 재빨리 시선을 민호의 표정을 살피는 데 사용했다.

민호의 얼굴에는 처음부터 끝까지 여유가 넘쳐 흘렀다.

"꼼수였죠. 오늘은 정식으로 이겨보려고 정근이를 데리고 왔어요."

"많이 믿으시는군요."

"네, 많이 믿습니다. 쟤가 은근히 저랑 비슷한 데가 있어서요."

이제야 민호가 아까 자신에게 믿는다는 말을 한 이유를 알았다.

이런 상황에서도 당황하지 말라는 뜻이었다.

이미 알고 있지만….

너를 믿는다는 그 의미.

그런데 하필이면 왜 지금 말했을까?

그 답은 당연히 민호만이 알았다.

나중에 물어봐야겠다고 생각한 이정근.

이미 장기판이 깔리고 대국이 시작되었다.

탁. 탁. 탁. 탁.

생각할 시간도 갖지 않고 마구 장기알을 움직이는 두 사람이었다.

순식간에 장기판의 알들이 정리되고 있었다.

누가 누구를 압도하지 못하고 백중세라고 정의되는 그 상황.

그때 이정근은 방정구가 함정을 파기 시작한다는 것을

깨달았다.

"함정입니다."

"그래?"

"네, 졸을 열게 해서 차로 차를 먹으려고 하는 겁니다. 조심하십시오."

"그렇단 말이지. 그럼…."

잠시 이정근의 훈수를 들은 민호.

헌데 졸을 만진 손을 뗄 생각을 하지 않고 그대로 방정구에게 물었다.

"이 차를 드릴 테니까… 키르타 건설을 우리에게 넘기시죠."

순간 방정구의 눈이 번쩍 뜨였다.

민호가 말한 것은 인도네시아 건설 회사 순위 3위, 키르타 건설 회사였다.

그걸 달라고 한다.

아니 그것보다 자신이 그 그룹을 샀다는 걸 이미 알고 있다는 게 놀라웠다.

그의 눈에 독기가 서렸다.

반면 민호는 그의 표정을 보고 이제야 제대로 파악했다.

아까 권순빈에게 들은 이야기는 말 그대로 예측일 뿐이었다.

좀 더 시간이 주어졌다면 제대로 밝힐 수 있겠지만, 이번 달 말에 입찰이 진행된다.

이제 로비가 시작되어야 하고, 실제로 조명회 대표가 직접 인도네시아로 건너갔다.

그 상황에서 완전한 정보를 건네기 위해 이곳에 쳐들어오는 것을 선택한 민호.

이제 JJ 사모펀드에서 건설회사를 다 사들였다는 건 상대가 인정해야 할 일인데….

민호는 장기를 이기기 위해서 자신에게 함정을 판 그 순간을 노렸다.

그리고….

심리 싸움에서 이긴 지금.

그의 입꼬리에 웃음이 매달렸다.

"농담입니다. 농담. 하하하. 그런데…."

"……."

"여기 장군 받으셔야 할 듯."

"……!"

옆에서 훈수 두던 이정근도 몰랐던 절묘한 한 수!

함정을 이용해서 역함정을 판 민호!

그의 장군에 외통수의 상황을 맞이한 방정구!

과연 어떻게 탈출할 것인가?

약 3초의 시간이 흐르고 난 뒤.

방정구의 입이 열렸다. 미소를 가득 머금으면서.

홀릭

HOLIC : 그의 직장 성공기

162회. 일 끝내고 오면 서비스해줄게…

외통수의 상황에서 방정구가 나지막하게 말한 건 바로,

"한 수 물러주시죠."

였다.

하지만 그 말이 끝나자마자 민호가 고개를 저었다.

"일수불퇴!"

"흠. 그렇군요. 그런데 말입니다. 아까 키르타 건설이요.

농담이시죠? 글로벌에 현금이 없을 텐데…"

"맞습니다."

뭐가 맞다는 이야기인가?

키르타 건설을 산다는 게? 아니면 글로벌에 현금이 없다

는 것이?

애매하게 대답하는 건 민호의 기술이다.

그리고 모호하게 끝내서 상대방에게 엄청난 여운을 남기는 것도.

"제가 이겼네요. 나중에 제육 덮밥 사세요."

자리에서 일어나는 민호.

완벽히 승리했다는 표정으로 방정구를 한 번 더 자극해 봤다.

그리고 뒤돌아섰다.

여기에 온 목적 두 가지가 달성되었으니 더 머무를 필요는 없었다.

물론 방정구가 붙잡는다면 남으려고 했다.

대화를 나눌수록 자신이 얻어가는 건 적지 않다고 생각했기 때문이다.

그가 아는 방정구라면 자신을 잡으리라고 생각했다.

겉은 저렇게 실실 쪼개고 있지만, 속 안은 불같은 투지를 억누르고 있다는 것을 파악했으니까.

그러나 뜻밖에 그는 자신을 잡지 않았다.

문을 닫는 그 순간까지 자신을 부르지 않았다.

주차장에 갈 때까지 혹시나 전화라도 하지 않을까 생각했지만, 끝끝내 조용한 스마트폰.

"저 녀석은 약간 예측하기 힘들군. 싸이코 스타일인가?"

결국은 한 마디 던졌다.

자신의 예측을 벗어나면 정신이 이상하다는 취급을 하면서.

취이이익.

그때 시동이 걸리고, 드디어 차가 출발했다.

창밖에 시선을 둔 민호.

이정근을 향해 입을 열었다.

"놀랐냐?"

"약간⋯."

"짜식, 약간이 아니라⋯ 많이 놀랐으면서⋯."

민호의 말은 사실이다.

이용근은 '약간'이 아니라 '매우' 놀랐다.

특히, 방정구가 자신이 이용근의 동생이라는 걸 아는 부분에서, 그리고 그것을 받아치는 민호가 이미 알고 있다는 부분에서⋯.

"궁금할 텐데⋯ 왜 안 물어보지?"

"아까 올라가기 전에 말씀하셨잖아요."

"⋯⋯."

"절 믿으신다고."

그랬다. 민호가 그 말을 하는 그 순간부터, 이정근은 그의 손안에서 놀아났다.

정확히 말하면, 민호의 손바닥 위에서 놀고 싶었다.

"그 말 한 거⋯, 너 이용한 거라면?"

"이용당해야죠, 뭐⋯ 어쩔 수 있나요? 어떻게 제가 소장님한테 맞먹어요? 소장님이 저랑 같나요?"

"하하하."

민호의 입에서 웃음이 터져 나왔다.

아까 그가 들려주었던 그 말을 이정근의 입에서 고스란히 다시 듣자, 재미있다는 생각이 들었다.

그러다가 잠시 진지해진 얼굴.

창밖을 보며 상념에 빠졌다.

언젠가 이정근에게 성혜 그룹의 브레인과의 관계에 대해서 자신이 알고 있다는 표현을 하고 싶었다.

그런데 쉽지 않았다.

또한, 망설일 수밖에 없었다.

이정근을 파악할 시간이 필요했으니까.

잘못하면 이정근을 버려야 하는 상황이 발생할 수도 있었다.

다른 부서가 아닌 경제연구소로 데리고 온 이유.

실제로는 그를 감시하기 위해서였다.

송초화를 제외하고 경제연구소에 있는 사람들은 이 사실을 모두 알고 있었다.

최근 강태학은 말했다.

자신이 사람을 믿지 않는데, 이정근은 확실히 믿을만하다고.

곁에서 지켜본 사람이 결론을 내렸다.

그리고 민호가 움직였다.

남은 것은 이정근에게 우리가 알고 있다고 표시하는 것.

그래야 서로 부담이 없는 상태에서 일할 수 있었다.

다만 자신의 입으로 전달하고 싶지 않은 민호.

방정구에게 그 정보를 살짝 흘렸다.

그게 바로 오늘의 결과를 낳았다.

일타 삼피!

장기에 이겼고, JJ 사모펀드가 인도네시아 건설회사를 인수했다는 확신을 얻었으며, 이정근에게 자신이 믿고 있다는 메시지를 전달했다.

그야말로 모든 것이 뜻대로 흘러간 하루였다.

한 가지만 빼고.

그날 저녁 권순빈에게 연락이 왔다.

드디어 JJ 사모펀드의 실체에 대해서 단서 하나를 얻었다고.

"정말 엄청난 걸 알아냈습니다, 대장. 정말이에요."

흥분이 섞여 있었는지, 그의 목소리는 매우 떨렸다.

수화기로 감지할 수 있을 만큼.

그 목소리를 듣고 민호는 속으로 웃었다.

그가 JJ 사모펀드에서 인도네시아의 건설회사를 인수한 것 같다는 보고를 했을 때, 민호는 다시 한 번 확인했다. 애매한 대답을 했던 권순빈.

그를 향해,

'미안합니다, 권순빈 씨가 그걸 알 리가 없는데….'

라고 말하며 그를 일부러 자극했던 게 생각이 났다.

그 말에 상처를 입고 열심히 자판기를 두드리더라니.

다만 퇴근 후에 오붓하게 유미와 함께 있던 시간에 연락이 온 상황.

전화를 끊고 유미를 보았을 때, 그녀는 환한 웃음을 지었다.

"빨리 갔다 와."

"에이, 어떻게 그래?"

"괜찮아. 정말이야. 그리고… 우리… 이제 좀 자제하는 게 좋을 거 같아."

쿵!

민호의 심장이 내려앉은 소리였다.

결혼해서 들은 소리 중에 가장 충격적인 유미의 선언이었다.

자제하자니? 그걸 자제하자니?

"요즘 우리 해달이가 자꾸 발로 차. 특히… 그날 다음에는 더 심하게…."

'그날' 다음….

어떤 날인지 감이 딱 왔다.

아무튼, 유미의 요청에 민호는 하던 일을 멈출 수밖에 없었다.

그리고 팬티를 입으면서 억지웃음과 동시에 분노도 같이 솟아올랐다.

오늘 분위기 잡으려고 촛불까지 켠 상태였다.

그 일렁임이 민호의 눈에 고스란히 반사되고 있었다.

불끈!

어딘가에 힘이 들어갔다.

다름 아닌 민호의 주먹이었다.

그나마 자신에게 키스를 선사하는 그녀 때문에 살짝 분노가 누그러졌다.

"음…."

다시 달아오르는 민호.

유미는 그런 그에게 말했다.

"오늘 일 끝내면 와."

순간 머릿속에 그 말이 왜곡되어 전달되었다.

일 끝내면 와.

그러면 서비스해줄게… 서비스해줄게… 서비스해줄게….

분명히 뒤에 다른 말을 붙이지 않은 그녀였는데, 그 마음대로 가져다 붙이는 스토리.

어쨌든, 웃으며 그를 보내주는 그녀를 사랑이 듬뿍 담긴 얼굴로 바라보며 문을 나서는 민호.

취이이익.

주차장에 내려와 차에 시동을 거는 그의 손이 부르르 떨렸다.

그는 결코 복수의 화살을 잊지 않았다.

블루투스를 켜고 전화를 걸기 시작했다.

가면서 아예 경제연구소 인원들을 모두 소집한 것이다.

독재자 민호의 철권통치.

자기의 오붓한 시간이 방해받았다면, 다른 이들의 휴식도 없어야 한다고 생각한 나머지 모두 소집된 자리.

그렇게 13층 경제연구소에 모두 모이자 민호는 보았다.

권순빈은 동공이 흔들리는 것을.

"생각보다 너무 큰 걸 건드리는 게 아닌지 걱정이 됩니다, 대장."

"괜찮습니다. 말씀하세요."

"JJ 사모펀드가 사실은… 에이스 그룹의 어용 펀드잖아요. 그런데 자금의 흐름을 계속 추적한 결과… 글렌초어 쪽이 감지되었어요…."

"글렌초어!"

권순빈의 입에서 나오는 이름 글렌초어.

아마 기업 하는 사람이라면, 특히, 무역상사의 상사맨이라면 한 번쯤 들어봤을 것이다.

들어보지 않을 수 없었다.

민호 또한 알고 있었다.

글렌초어의 규모가 얼마나 큰지.

어떤 이는 약간 과장해서 글렌초어가 진정한 세계 최고 그룹이라고 하는 사람들도 있었다.

그런데 일반 대중들에게 애플이나 마이크로소프트보다

덜 알려진 이유는 간단했다.

글렌초어 그룹이 전 세계 주식 시장에 상장하지 않았기 때문이다.

"글렌초어 쪽이 감지되었다… 글렌초어 쪽이 감지되었다…."

민호의 입에서 같은 말이 반복해서 나오고 있었다.

생각보다 적으로 규정했던 이들이 작지 않은 규모라서?

아니다. 그는 지금 자신이 흥분했다는 것을 깨달았다.

온몸의 말초신경이 곤두서고 있었다.

"그럼 우리의 적은 이제 글렌초어가 되겠군요."

부르르.

사람들의 몸이 약간 떨리는 것 같았다.

민호는 그것을 보고 웃었다.

"여러분들도 흥분되시죠?"

"당연하죠. 세계 최고를 이기면 우리가 세계 최고가 되는 거 아닙니까?"

그의 말을 받는 건 이정근.

민호를 따르기를 잘했다고 스스로 위안하고 있었다.

한편, 권순빈은 살짝 떨리는 목소리로 말했다.

"그쪽에 '블랙 해커' 들 장난 아니게 많다던데…."

"그래서? 쫄리냐?"

"쫄리긴… 나도 흥분돼서 그래."

이건 거짓말이다.

물어본 임동균은 한눈에 파악했다.

권순빈과 오랫동안 지내와 봤다.

그의 심장이 꽤 약한 걸 잘 알고 있었다.

한 번 더 놀릴까?

라고 생각할 때, 민호의 지시가 들렸다.

"자, 지금부터 잘 들으세요."

"넵, 형님."

다른 생각 하다가 갑자기 커진 임동균의 목소리.

그러나 민호는 개의치 않고 작전 지시를 내렸다.

"첫째, 이제부터 광대역 목표를 설정합니다. 특히 강성희 대리와 권순빈 씨, 임동균 씨… 전 세계에 퍼져 있는 글렌초어의 어용 기업들을 다 파악해 내세요."

"네, 오라버니."

"맡겨주십시오, 형님."

"라져, 대장."

시원시원한 대답.

오랜만에 적수다운 적수를 만났다고 생각한 그들이었다.

사실 민호가 주문한 지시를 실행하려면 상대의 방화벽을 뚫어야 한다.

그게 얼마나 어려운지 알고 있지만, 뚫었을 때의 쾌감은 말로 형언할 수 없었다.

그들 역시 민호를 따르기 정말 잘했다고 생각하는 중이었다.

"그다음으로 송초화 씨."

"네, 소장님."

"좀 고생되시더라도… 강성희 대리가 했던 일들을 혼자 진행하셔야 할 것 같습니다."

"네, 알겠습니다."

똑 부러지는 대답.

흔들림 없는 눈빛.

민호는 그녀의 업무 능력을 최상으로 평가했다.

물론 잠재력이 섞여 있는 상황에서였다.

아직 경험이 뒷받침되지 않았지만, 지난번 강성희와 팀을 이루며 석탄 화력 발전소 건설의 원가절감을 위한 보고서를 보며 확실히 깨달았다.

그녀 혼자서라도 충분히 그 일을 맡아서 할 수 있을 거라고.

어쨌든, 이로써 네 명에게 일이 할당되고 남은 것은 강태학과 이정근.

당연히 말하지 않아도 강태학은 일이 배정되어있는 것이나 마찬가지였다.

송초화가 강성희 빼고 혼자서 일을 진행해야 하듯이, 그역시 임동균 없이 글로벌 푸드와 연계해서 일해야 한다는 것.

민호의 눈빛을 보며 고개를 끄덕이는 의미가 바로 그것이었고, 어느새 이심전심의 단계까지 이루게 된 점을 만족해하며 민호의 얼굴에 미소가 짙게 깔렸다.

마지막으로 남은 이정근을 보았을 때, 그는 자신에게 이렇게 말했다.

"소장님, 일단 저에게 일 시키시기 전에 이것부터….

확신에 찬 목소리와 함께 민호에게 건네준 문서 하나.

그것을 보며 민호의 눈이 커졌다.

"이건…."

"저번에 내주신 숙제입니다."

지난번 내준 숙제.

글로벌 건설에서 인도네시아 민간 주택을 좀 더 싸고 효율적으로 지을 수 있는 계획을 세워보라고 한 그것 때문에 계속 글로벌 건설에 그를 데리고 다닌 것이었는데….

"어차피 그때 숙제가 지금은 맞지 않아서 다른 식으로 변형시켜 봤습니다."

이정근의 이야기는 계속되었다.

자신감에 찬 눈빛을 보이면서.

보고서를 살펴본 후, 사실 자신감에 차도 상관없다고 민호는 생각했다.

보고서의 내용은 그야말로 생각지도 못한 내용이 담겨 있었기 때문이다.

제목부터 기가 막혔다.

- 슬럼가 주민 이주로 인한 자카르타 인근 지역 개발 계획.

HOLIC : 그의 직장 성공기

163회. 항상 문은 열려있다.

좌라라라락.

민호는 이정근을 데리고 방에 들어오자마자 지도를 폈다.

지난번 인도네시아를 들렀을 때, 그는 지도 하나를 사 왔다.

한국에서 파는 지도와는 달랐다.

인도네시아 어로 쓰인 생생하고 세밀한 그 지도에서.

민호는 한 지점을 가리켰다.

"바로 이곳이 자카르타의 슬럼지역이야."

"네, 맞습니다."

이정근이 고개를 끄덕였다.

그리고 민호가 가리킨 지점 밑에 손가락을 가져다 댔다.

"이곳이 자카르타 근교입니다. 도심과 가깝죠."

민호는 고개를 끄덕였다.

그 끄덕임에 자신감을 얻은 이정근이 계속 말을 이었다.

"인도네시아 슬럼가 주민들이 농성 중이랍니다. 아시겠지만, 그들은 돈도 집도 없죠. 정부에서 보상해준다는데, 그 돈으로 할 수 있는 건 임시로 묵을 숙소 정도입니다."

"인도네시아 정부도 골치 아플 거야. 그지?"

"그렇죠. 마땅한 대안이 없다는 점에서 개발 계획과 동시에 빈민 처리까지…."

"땅값도 싸고 건물도 저렴하게 지어주면 좋아하겠네. 사람들한테 장기 임대료 받으면서."

"그렇죠."

이정근의 아이디어는 기가 막힌 것이었다.

실리와 명분을 다 잡으면서 글로벌 건설이 인도네시아의 개발 계획에 발을 들이밀 수 있었다.

문제는 어떻게 그리고 누구에게 접근하느냔 데…

"푸칸."

"네?"

"푸칸과 접촉해야 할 거 같아. 안 그래?"

"그… 그렇죠. 아는 사람이 그쪽밖에 없으니…."

이런 아이디어를 흘리고 다닐 수도 없고, 제대로 된 사람에게 정당한 대가와 약속을 받고 추진하는 게 가장 큰 대안이었다.

당장 민호의 머리에 생각나는 사람이 푸칸이었다.

슬럼가 출신이었기에, 슬럼가 사람들에게 살 길을 열어준다는 것에도 마음에 들어 할 것이 분명했다.

더군다나 어차피 방정구가 인도네시아에서 건설회사를 매입했다면, 사실 민간 가구를 수주받는다는 것은 현실적으로 쉬운 일이 아니었다.

백만 가구를 포기하고 싶지 않아서 계속 도전한다는 말을 했지만, 그게 어렵다는 걸 민호도 알고 있었기 때문에.

단 한 가지 문제가 있었다.

바로 누가 가서 푸칸을 만나고 오느냐는 것이었다.

"네가 가라."

"네?"

"인도네시아. 네가 가라. 이미 가 계신 조명회 대표님한테는 내가 말해 놓을게. 푸칸을 만나서 다리는 놓는 일. 그리고 정부 관계자들을 네가 말한 이 보고서대로 설득하고 얻어낼 건 얻어내는 일. 플러스 알파로 백만 가구에 숟가락은 얹기까지 한다면? 내가 정말 너 예뻐해 줄게. 어때? 할 수 있겠어?"

민호의 눈빛이 점점 더 강렬해졌다.

이정근은 거절할 수 없었다.

그의 눈빛을 보면서 거미줄이 생각났다.

그런데 그게 나쁜 기분은 아니었다.

솔직히 생각하면 지금 민호의 주문은 자신에게 좋은 기회가 되었다.

"가겠습니다!"

한자, 한자, 또박또박 스타카토처럼 끊어서 하는 말.

민호는 그 말에서 의지를 느꼈다.

심지어 정근의 눈에 새겨진 뜻도 읽을 수 있었다.

자신과 형은 그냥 핏줄일 뿐이다.

그것도 어머니와 아버지가 이혼하시고 나서 상당기간 보지 않았던… 남보다 못한 핏줄!

그런데 그 사실이 당신에게 알려졌을 때, 왠지 모르게 죄책감이 들었다.

이제 뭔가 하게 해줘서 정말 고맙다!

자격지심이라고 표현한다면 맞을지도 모르지만, 이번 한 번으로 만약 자신을 의심하는 그 누군가의 시선이 있다면, 일거에 날려버리리라.

눈빛에 새겨진 의미를 읽고 고개를 끄덕였다.

그리고 그가 자신의 업무실에서 나갔을 때, 등받이 의자에 깊게 몸을 눕히며 눈을 감았다.

왠지 모르게 이정근의 인생을 마치 파노라마처럼 들여다본 것만 같았다.

감상은 여기까지.

다시 눈을 떴을 때, 민호는 냉정한 경제연구소의 소장으로 돌아와 있었다.

머릿속에서 자동으로 그의 두뇌가 필요한 것을 찾아서 신호를 보내고 있었다.

정확히 말하면, 경제연구소에 가장 필요한 것인데, 그게 바로 사람이었다.

필요한 인력을 못 뽑은 게 아니었다.

잠시 뒤로 늦춘 것이지.

왜냐하면, 그때에는 경제연구소의 뽑아 놓은 사람들이 마치 물과 기름처럼 섞이기 어려운 상태였다.

그 때문에 민호는 당시에 세 팀을 짜서 임무를 주었다.

1팀에는 강태학과 임동균이, 2팀에는 강성희와 송초화가, 3팀에는 이정근과 권순빈을 놓고 서로 부대끼게 만들었다.

이제 좀 효과가 보이기 시작했다.

자신의 역할을 알게 되면서 각자의 영역에서 일을 처리하는 효율성이 극대화된 것이다.

이게 바로 호흡이며, 조직력이다.

단시간 내에 바뀐 경제연구소.

처음에는 뭉쳐지지 않은 눈을 던질 때 펄펄 날리는 느낌이 들었는데, 지금은 꽤 단단해져서 던지면 똘똘 뭉쳐서 날아갈 것만 같았다.

잘 뭉치니 일의 처리효율이 높아졌다.

하지만 효율이 높아지니 계속해서 일이 몰리기 시작했고, 그렇다고 일의 개수를 조정하기에는 현재 글로벌의 상황이 급박했다.

더 정확히 말하면 항상 글로벌을 호시탐탐 노리고 있는 성혜 그룹과 새롭게 나타난 적, JJ 사모펀드는 이들에게 과중한 업무를 준 것이다.

따라서 과부하가 걸린 지금이 바로 새롭게 인력 충원할 적절한 시점이라고 생각한 민호.

내선 803, 인사팀으로 전화를 걸었다.

(네, 인사팀 차원목 과장입니다.)

지난번 과장으로 승진한 차원목이 전화를 받았다.

화장실에서 비밀로 유지해야 할 이야기를 동료에게 하다가 민호에게 걸린 그 사람.

그때만 생각하면 웃음이 난다.

"접니다. 김민호."

(네, 소장님.)

"인사기록부 좀 볼 수 있도록 제 아이디의 인트라넷 1급 보안을 풀어주실 수 있나요?"

(바로 해드리겠습니다.)

박상민 사장은 자신이 언제라도 인사팀의 기록을 볼 수 있도록 조처를 해 놓았다.

예전에는 차원목의 약점을 잡아서 알아낸 인사 기록부.

이제는 접근하기가 정말 편해졌다.

지난번에 보지 못했던 그 모든 자료를 살펴볼 수 있다는 것은 제약이 풀렸다는 의미였고, 그룹의 컨트롤 타워로 인정받았다는 뜻이었다.

드르륵, 드르륵, 드르륵.

기분 좋은 마우스 휠 올리는 소리에….

딸깍, 딸깍, 딸깍.

타닥, 타닥, 타닥.

클릭과 자판을 치는 소리가 사무실에 울렸다.

민호의 집중력은 컴퓨터 화면에 나오는 자료를 다 빨아들일 듯이 강해지고 있었다.

잠시의 시간이 흐른 후에 정지한 그의 동공.

살짝 확장되더니 한 곳에 머물렀다.

그의 얼굴에 진한 미소가 그려졌다.

다시 수화기를 들고 내선 번호 803을 눌렀다.

"차 과장님?"

(아, 네. 뭐 또 필요하신 거라도….)

"네, 과장님이 필요합니다."

(……)

민호의 의중이 무엇인지 생각하는 소리가 수화기를 타고 넘어왔다.

그럴 필요 없었다.

민호가 바로 그에게 용건을 풀어버렸으니까.

"차원목 과장님, 요새 그룹의 핵심 부서가 경제연구소

라는 거 아시죠? 그곳으로 초대하려고 하는데… 어떻게 생각하십니까?"

(제가요? 제가? 왜요? 왜 하필….)

"연구소에 인재가 필요하니까요. 제가 필요한 능력을 다 갖추고 계시네요. 그래서 스카우트하는 겁니다. 아시겠지만, 이곳으로 들어오는 순간 회사 내에서 어떤 위치에 있을 수 있는지, 어떤 연봉을 받는지…."

(가겠습니다.)

씨익. '그럴 줄 알았다는 듯이 민호가 소리 없는 웃음을 지었고….

"내일 아침부터 이곳으로 출근하십시오."

그를 선택한 이유는 매우 간단했다.

인사팀에서 근무했다는 점.

그것만으로 그를 뽑아야 하는 이유는 충분했다.

특히, 앞으로 뽑아야 할 사람들을 위해서 그는 반드시 뽑아야만 했다.

누가 기록했는지 모르겠지만, 인사기록부에는 친절하게 그의 능력이 기록되어 있었으니까.

- 인재 파악 능력 최상.

- 인간관계 능력 최상.

과거 차원목이 준 자료는 인사팀 사람들은 항상 제외되어 있었다.

그래서 처음 본 그의 인사 기록부였다.

다른 능력은 굳이 볼 필요도 없었다.

민호가 원하는 게 바로 쓰인 그대로였다.

그를 뽑았으니, 이제 다른 걸 해줄 사람을 뽑으면 된다.

그 마음으로 그를 골랐고, 자신의 선택이 마음에 든 민호는 바로 밖으로 나가 경제연구소 구성원, 여섯 명에게 이 사실을 알렸다.

언젠가 인력이 충원될 거라는 사실은 대충 알고 있었다.

그런데 그들의 생각보다 더 이른 시점에 민호가 공개했다.

"물론 많은 인원은 아닙니다. 아니 그렇게 말하기도 쑥스러운 상황인데…, 단 한 명이죠."

한 명.

민호의 말대로 정말 많은 인원은 아니었다.

하지만 여섯 사람의 얼굴에 실망의 빛이 떠오르는 것도 아니었다.

오히려 안도의 한숨이 새어나왔다.

강성희의 입에서 그들의 심리를 대변하는 말이 나왔다.

"휘유… 그래도 오는 사람은 일당백이겠죠. 뭐."

그러길 바라는 심정이 간절하게 느껴졌다.

옆에서 듣고 고개를 끄덕인 강태학조차도 한숨을 내쉬었다.

일벌레 강태학마저도 안도의 한숨을 쉴 정도이니, 요즘 경제연구소의 일이 많긴 많았나 보다.

민호는 그들의 표정을 보면서 살짝 미소를 지었다.

다음 날 아침.

인트라넷에 공지가 떴다.

인사 발령이다.

바로 인사팀의 차원목 과장이 경제연구소로 부서 이동했다.

부서 이동을 해서 첫 출근 하는 사람의 모습은 각양각색이다.

차원목 과장의 성격은 말끔한 차림으로 처음 모습을 드러냈을 때, 즉시 자신이 정의했다.

"물처럼 섞이고 싶지만, 때로는 기름도 될 수 있습니다."

그의 말이 무슨 말인지 몰라서 눈을 껌뻑이는 권순빈.

툭. 하고 이정근이 옆에서 치며 해석을 해줘야 알았다.

"당신은 기름이고 전 물이었잖아요."

"아…."

"느끼하고 기름기 많아서 물 위에 둥둥 떠다니는 그런 기름기. 킥킥킥."

그들을 보며 웃는 차원목 과장은 슬쩍 웃으며 말을 이었다.

"아, 그리고 여러분들의 소개는 필요 없어요. 이미…."

톡톡.

그는 자신의 머리를 쳤다.

"여기에 다 저장이 되어 있거든요."

옆에서 이 모습을 지켜보는 민호.

강태학에게 시선을 보냈다.

그러자 강태학도 민호가 무엇을 주문하는지 마치 아는 것처럼 고개를 끄덕였다.

"차 과장님, 회의실로…."

"네? 벌써 저 업무 시작하는 겁니까? 적응 시간을 조금 주는군요. 하하하."

민호의 눈에만 보이는 강태학의 억지 미소.

그는 요즘 노력하고 있었다.

사람과 어울린다는 것을 한 번 실천해본다는 듯이.

그때 권순빈이 민호에게 문서를 들이밀었다.

"지금까지 발견한 글렌초어의 어용 기업입니다."

잠시 적막감이 흘렀다.

민호가 그가 준 보고서를 훑어보고 있는 동안.

사실 그냥 아무렇게나 넘기는 것 같지만, 그는 보고서에 기록된 그 이름들을 실제로 머릿속에 입력하는 중이었다.

그러다가….

"우리나라에는 확실히 우리가 알고 있는 곳 딱 두 군데 가 끝이군요."

"맞습니다."

민호가 말한 곳은 바로 JJ 사모펀드와 홈 마트.

생각보다 한국에 늦게 진출한 배경이 알고 싶었다.

자신의 집무실로 들어가고 나서 늘 가지고 다니던 노트를 꺼냈다.

예전에 그는 자신의 기억이 날아갈지도 모른다는 생각에 중요한 일을 항상 기록했다.

유미와 결혼해서 능력을 상실하지도 않을 텐데, 그때 그 습관으로 아직도 기록하는 것을 중단하지 않았다.

어제 기록한 페이지를 펼쳐보았다.

〈글렌초어〉

– 에이스 그룹이 하부 조직?

아직 명확하지 않은 것은 물음표로 해놓았는데, 오늘 권순빈이 보고한 자료를 보며 글렌초어의 미국 내 하부조직이 에이스 그룹이라는 것을 확정했다.

그래서 물음표를 없앤 민호.

대신 그 밑에다가 이렇게 적었다.

– 그렇다면 에이스 그룹의 전신 A&K는?

– 당시에 A&K와 안재현이 거래한 이유는?

알아볼 필요가 있다고 생각한 민호.

스마트폰을 열고 이름 검색에 들어갔다.

〈안재현〉

통화버튼을 누르고….

따르르르릉. 따르르르릉.

잠시 기다리자, 상대가 전화를 받았다.

민호는 바로 그에게 용건을 말했다.

"저번에 말씀하신 거… 언제든지 저와 같이 일하고 싶다
는…."

(그래 항상 난 열려있다.)

"그럼 만나죠. 제육 덮밥 사실 때도 됐는데."

홀릭
HOLIC : 그의 직장 성공기

164회. 갓넘버 에이틴.

제육 덮밥을 사달라는 민호.

그것에 플러스 알파, 큰 떡밥 하나도 투척해왔다.

자신과 같이 일하고 싶다는 것을 모호하게 표현하는 방식.

아마 자신의 밑에서 일하겠다는 뜻은 아닐 것이다.

그래도 맘에 들었다. 그 표현 방법이.

안재현의 입가에 가로 선이 그어졌다.

"살 때? 당연히 사야지. 좋아."

(그럼 언제로 정할까요?)

"내일. 내일이 좋겠다. 오늘은 따로 약속이 있어서.)

(좋습니다. 내일 저녁으로 하겠습니다.)

안재현은 다시 한 번 웃었다.

학교를 졸업하고 나서 자신에게 먼저 일방적으로 통보하는 사람은 거의 보지 못했다.

그런데 늘 민호는 일방적인 통보를 했다.

또한, 항상 주도적이었다.

전화를 끊고 나서 지난번 장기 한 판도 머릿속에 그려봤다.

분명히 자신이 이긴 게임이었는데….

똑똑똑.

그때 그의 상념을 방해하는 노크와 함께 신지석이 들어왔다.

그는 자신의 앞으로 다가와서 보고서를 건넸다.

"말씀하신 연구진들입니다."

안재현의 시선이 신지석에서 보고서로 향했다.

〈한석규〉

성혜 제약 연구팀장.

1974년 10월 29일생

…(중략)…

작년에 계열 분리가 되면서 스위스 모슈 그룹에서 공동 연구를 한다가 갑자기 귀국.

어떤 연구를 하는지는 비밀이었으나, 올해 3월 글로벌과 모슈의 알츠하이머 신약 발표로 인해 그가 하던 연구의 정체가 밝혀졌음.

안판석 회장님이 인사팀에 직접 지시한 것으로 확인됨.

…(후략)…

〈최민식〉

성혜 제약 연구팀원

한석규와 함께 스위스에서 공동 연구하다가 귀국.

연구진 중 실력은 최민식이 최고라는 평가가 있음.

…(후략)…

한석규와 최민식 말고 몇 명이 더 있었지만, 이들이 핵심이었다는 것을 확인했다.

안재현은 자신의 유산 이외에 형제자매들의 유산이 무엇인지 계속 조사하던 중이었다.

그 사이에 자신의 누나, 안수현은 과천에 있는 부동산이라는 걸 알아냈다.

그리고 이 보고서를 통해 글로벌에서 발표한 신약이 바로 재권의 유산이라는 게 확정되었다.

안재현이 일어섰다.

"가자."

"네? 네, 알겠습니다."

어디로 가자는 것인지 신지석은 잘 알고 있었다.

바로 성혜 제약이다.

원래는 내일 저녁에 갈 예정이었는데, 보고서를 보고 마음이 바뀐 것 같았다.

아니면 다른 약속이 생겼거나.

그 어느 것이든 자신이 할 일은 아주 간단했다.

안재현의 말대로 준비하는 것.

차에 타고 기사가 움직일 때, 성혜 제약의 대표에게 전화한 신지석.

몇 번 전화벨이 울리자 상대 측에서 재빨리 받았다.

(네, 실장님.)

"한석규, 제약 본사로 발령했나요?"

(네? 아, 네.)

"잘 됐군요. 지금 회장님께서 출발하셨습니다."

(네? 내일 오신다고….)

"일정이 바뀌었습니다."

긴말은 필요 없었다.

사실 당황하는 눈치였지만, 도착할 때쯤이면 다 알아서 처리할 것이다.

그룹은 일사불란하게 회장의 동선에 다 맞춰지도록 정비되었으니.

자신이 할 일은 가면서 아까 보고서 이외의 것을 안재현에게 전달하는 것.

"특허가 걸려 있어서 약을 만들 기술이 있어도 팔 수는 없습니다, 회장님."

워낙 순식간에 보고서를 보고 성혜 제약에 가기로 결정이 되었기에 할 말도 못하고 준비한 상태라, 이제야 그 말을 내뱉었다.

안재현은 신지석의 조언 비슷한 말을 듣고 입꼬리를 말아 올렸다.

"알고 있어."

"그… 그럼?"

"그래도 해야지. 세상에는 어떤 일이 벌어질지 모르잖아."

"네? 아, 네, 네. 그렇습니다."

신지석은 생각하고 또 생각했다.

세상에 어떤 일이 벌어질지 모른다는 말.

안재현의 직설화법은 늘 이랬다.

제대로 알려주지 않았기에 자신이 알아서 생각해야 한다는 괴로움.

갑자기 머리가 아파졌다.

❦

한편, 민호는 오후에 종섭의 방문을 받았다.

둘이 대면한 것은 꽤 오랜만이었다.

그럴 수밖에 없었다.

지난번 인사 발표로 민호는 13층으로 이동했고, 종섭은 6층에 남았기 때문이다.

그러나 결정적인 이유는 사실 민호가 종섭을 역전했기 때문이라는 걸 서로 잘 알고 있었다.

만나면 불편하다.

듣는 민호도 말하는 종섭도.

지금도 역시 종섭은 민호에게 어쩔 수 없이 왔다는 얼굴로 무언가를 건네주었다.

"청첩장. 결혼은 다음 주."

"드디어 결혼하시는군요. 축하합니다."

그때 권순빈이 급하게 민호의 집무실에 들어왔다.

"대장, 대장."

"또 무슨 일입니까?"

"그… 그게…."

민호는 권순빈이 말을 멈추며 눈치를 본다는 걸 알았다.

종섭 앞에서 이야기해야 하는지 말아야 하는지 고민하는 모습이었다.

"괜찮습니다. 들어도 됩니다."

"아, 이서진이 있는 곳을 알았어요."

"그래요? 어딥니까?"

민호의 눈빛이 밝아졌다.

이서진은 성혜 제약에서 근무하던 연구원이었다.

그 역시 스위스에 갔다 온 사람이었는데, 지난달 사표를 냈다.

"스위스 모슈에서 근무 중이랍니다."

"……!"

민호의 얼굴이 구겨졌다.

그를 통해 글로벌의 미래 산업을 하나 구상하려고 했다.

알츠하이머 신약 개발.

현재 보유한 신약 특허를 통해 진일보된 약을 만들어낼 계획이었다.

하지만 이게 쉽지가 않은 게 모슈에서 일하던 공동 연구진이 작년에 귀국해서 아직도 성혜 제약에서 근무 중이라는 사실을 알게 된 이후였다.

올 초부터 스카우트의 문을 두드렸지만, 쉽지는 않았다.

제약 회사가 없는 글로벌로 오려고 하지 않았기 때문이다.

다행히 글로벌 푸드가 생긴 후 그 산하에 제약 부분을 두고 슬슬 시동을 걸기 시작했다.

송현우 대표는 민호에게 너무 일을 벌이는 게 아니냐고 물었지만, 민호는 장래를 위해서 반드시 해야 하는 일이라고 말했다.

때마침 성혜 그룹의 스위스 파견 연구진 중 이서진이 그만두었다는 소식을 들은 게 지난주.

애초에 사표 낸 이후 꽤 시간이 흐르고 난 뒤 알게 된 사실이었다.

뒤늦게 그의 거취를 수소문했는데, 이제야 결과가 나왔다.

"스위스의 모슈라… 그럼, 연락해도 빼 오기는 더 힘들겠네요."

"빼 오는 것도 할 수는 없겠죠."

권순빈의 말을 듣고 고개를 끄덕이는 민호.

이미 제휴를 맺은 그룹의 직원을 빼 온다는 건 도의적으로 할 수 없는 일이었다.

다시 원점으로 돌아간 상황에서 옆에서 지켜보고 있던 종섭이 말했다.

"그런 거라면… 성혜 제약에 내가 좀 아는 애가 있는데…."

"……!"

"동창이야. 동아리도 같이 했었고…, 걔가 작년에 스위스에서 일했다고 해서 무슨 일인가 했더니, 우리 신약을 만들었었구나. 몰랐네."

"헐… 그걸 왜 지금 말씀하시는 겁니까?"

"…언제 물어봤다고…?"

종섭의 끝을 흐리는 대답.

그건 중요하지 않았다.

포기를 모르는 사나이, 민호의 눈에 다시 불이 붙었다.

"그 사람의 이름이 뭐죠?"

"최민식. 영화배우 이름이랑 같아."

"권순빈 씨."

민호는 바로 권순빈을 불렀다.

권순빈은 민호가 뭘 원하는지 바로 알고 이렇게 말했다.

"네, 대장. 알겠습니다. 바로 알아보겠습니다."

옆에서 보고 있던 종섭은 솔직히 이 모습이 부러웠다.

자신도 빨리 수장이 되어 민호처럼 조직을 움직이고 싶었다.

하지만 부러우면 지는거다.

와신상담. 언젠가 다시 때가 오리라 생각하는 종섭.

그때가 바로 지금이라고 생각했다.

자신을 강한 눈빛으로 바라보는 민호의 의도가 보였기에.

"내가 만나볼게. 그런데… 꼬셔오면… 나한테 뭐 떨어지는 거라도 있나?"

"언젠가 만들어질 제약회사."

"……!"

나쁘지 않았다.

매우 구미가 당겼다.

현재 알츠하이머 신약이 팔리는 속도를 보면 경이적이었기에.

시간이 좀 걸릴 수도 있었지만, 그룹의 핵심 중 핵심 계열사가 될 수 있었다.

그래서 이 말을 하고 등을 돌렸다.

"당장 연락할게. 아마 오늘 저녁 만날 수 있을 거야."

"감사합니다. 아, 그리고 다시 한 번 말씀 드리지만… 결혼 축하합니다."

잠시 멈칫한 종섭.

그는 이렇게 말하고 나갔다.

"나야말로… 늦었지만, 네 결혼 축하해."

지난번 민호의 결혼식에 종섭은 오래 있지 못했다.

면세점 일이 겹치기도 했지만, 사실 오래 있고 싶지 않았다.

민호가 자신을 넘어서 경제연구소의 소장이 되었다는 사실을 인정하는 것.

그건 쉬운 일이 아니었다.

당분간 그와 얼굴을 마주치고 싶지 않았다.

그래서 한 마디도 나누지 못하고 나왔는데, 이제야 축하한다는 말을 할 수 있었다.

❧

성혜 제약에 도착한 안재현.

사람을 부르는 게 편했지만, 한 자리에서 모든 일을 해결해야 했기에 직접 나섰다.

그리고 사실….

계열사의 대표들은 그를 움직이는 회장이라고 평가하듯이, 그는 직접 나서서 해결하는 걸 좋아했다.

그가 이용근에게 가끔 충고하는 말.

앉아서 머리만 굴리지 말고 직접 움직여보라는 뜻은 바로 이런 데에 있었다.

보고받기 위해서 사람을 부른다면 시야가 좁아진다고 생
각했다.

더군다나 자신이 움직이면 더 큰 효과를 일으킬 수 있었
다.

바로 지금처럼 말이다.

한석규를 만나러 그룹의 회장이 직접 행차했다.

감동을 넘어서 자기 가치를 알아주는 사람에게 충성심이
올라가는 건 당연한 일.

영화배우 이름과 똑같은 사나이, 한석규는 자신이 알고
있는 사실을 털어놓기 시작했다.

"갓넘버 세븐틴. 기적의 약입니다. 개인차가 있겠지만,
알츠하이머의 진행속도를 5% 늦출 수 있으니까요. 더구나
멘탈에 관련된 거라서 특정 정신병에도 효과가 있습니다."

"5%?"

"네, 아… 글로벌에서 나온 신약이 3분의 1을 늦춘다는
데… 그건 과대광고입니다. 그냥 임상 시험에서 가장 높은
표본을 말한 것입니다. 실제로는 5%밖에 안 됩니다. 그런
데…."

한석규는 이참에 충성심을 잔뜩 보여주려고 애썼다.

그래서 잠시 호흡을 끊고 극적인 순간을 노려 다시 말을
내뱉었다.

"무려 20%까지 진행 속도를 늦출 수 있는 약의 개발이
가능합니다."

"……!"

"갓넘버 세븐틴과 거의 동시에 진행되고 있었던 약입니다. 갓넘버 에이틴이라고…."

안재현의 눈썹 끝이 꿈틀거렸다.

왜 이런 소식을 이제야 알게 된 것인가.

보고 계통에 문제가 있다고 판단했다.

하지만 그는 누군가를 윽박지르는 스타일이 아니다.

조용히 신지석을 바라봤다.

신지석은 몹시 곤란한 듯이 한석규에게 이렇게 말했다.

"그걸 왜 지금 말씀하시는 겁니까? 연구결과는 보고 안 했나요?"

"그게… 특허가 우리 쪽에 없는 한 비슷한 화학 공식을 썼기 때문에 이것을 상용화할 수는 없습니다."

안재현의 눈에 실망이 내비쳤다.

약의 특허 기간은 10년.

알츠하이머 신약의 경우 임상 시험 기간이 7년 지나갔으니, 3년 후에나 지금의 약을 상용화할 수 있다는 것인데….

"그럼 3년 후를 내다보고 연구해."

"네?"

"특허 끝나면 더 나은 거 팔면 되잖아. 지금 것도 만들었는데, 더 좋은 거 만들 수 있잖아. 안 그래?"

"그… 그렇습니다."

재빨리 대답하는 한석규.

그의 이마에 땀이 흘렀다.

회장에게 잘 보이기 위해서 대답했지만, 이 핵심 기술은 사실 자신보다 밑에 있는 부하직원 최민식이 훨씬 잘 알았다.

다만….

자신의 가슴에는 오늘 최민식이 낸 사표가 들어있었다.

홀리
HOLIC : 그의 직장 성공기

165회. 뾰족한 그것

하루에도 몇 번씩 치열한 일을 경험하는 직장인.

민호 역시 마찬가지였으며, 그래서 휴식은 중요하다.

집에 도착한 후 유미와 함께 하는 것 자체가 그에게는 마음의 위안이고 격려였으니.

확실히 글렌초어라는 공룡을 만나고 나서 하나하나가 치열하게 느껴졌다.

마치 다윗이 된 기분이랄까?

손에 든 돌멩이를 골리앗을 향해 던지고 결과를 기다리는 기분이 바로 지금이라고 볼 수 있었다.

첫 번째 돌멩이는 인도네시아를 향해 출발해서 지금쯤 도착했을 것이다.

이정근 이야기다.

아까 출장 보고를 하고 굳은 의지를 보여준 그의 눈빛에 민호는 자신의 믿음을 걸었다.

새벽 한 시.

이정근 역시 그것을 알아챘는지 민호에게 일일이 보고하기 시작했다.

– 드디어 도착했습니다, 소장님.

– 인도네시아 공기 좋지? ㅎㅎ

– 좋네요. 나중에 결혼해서 신혼여행 오고 싶어요.

그 '톡'을 보고 민호는 미소 지었다.

이미 민호는 인도네시아로 신혼여행을 간 경험이 있었다.

100점 만점을 주기는 음식이 좀 불만이었지만, 눈을 호강시키는 자연환경에는 100점도 부족했다.

어쨌든, 이정근이 무사히 도착했다는 소식을 듣고 이제야 잠을 청하는데….

– 소장님, 지금 전화 통화 가능하십니까?

– 잠시만, 내가 할게.

민호는 옆에서 잠들어 있는 유미가 깨지 않도록 조용히 침대에서 나왔다.

결혼하기 전에는 집과 직장은 구분하자고 마음먹었지만, 쉬운 일은 아니었다.

"무슨 일이야?"

(갑자기 떨려서요… 소장님 목소리를 들으면 진정이 될 것 같았습니다.)

"……."

민호는 어이가 없었다.

전화를 끊고 괜히 그를 보냈나 싶은 생각도 들었다.

생각보다 배짱이 약한지 목소리도 많이 떨렸던 이정근.

그래도 그를 이해해야 한다고 생각했다.

슬럼가 이주로 인해 자카르타 인근 지역 개발 계획.

인도네시아 판 신도시 계획이다.

그렇다면 제2의, 그리고 제3의 인근 도시 계획도 글로벌이 손을 댈 수 있는 여지가 있다.

결국은 돈을 얼마나 버느냐에 달려있는데, 인도네시아 정부를 끼고 장사하는 데 적을 리가 없었다.

그걸 생각하면 한순간에 날려 버릴 수도 있는데, 웬만한 강심장이 아니고서야 떨리지 않을 수가 없었다.

사실 이번에는 자신이 가야 하는지 고민을 많이 했다.

조명회의 경험과 이정근의 머리가 잘 조화될 수 있을 것도 같았지만, 더 확실한 것은 자신이다.

그러나 문제는 바로 유미의 버프였다.

출장 때 그녀를 늘 데리고 다니는 것은 불가능했다.

아쉬운 마음에 비밀 노트를 꺼내보았다.

〈관찰 노트〉

첫 번째 능력 - 지력

1. 유미를 보면 30시간 머리가 좋아진다.

2. 유미를 안으면 40시간 머리가 좋아진다.

3. 유미와 키스하면 50시간 머리가 좋아진다.

4. 유미와 하루를 보내면 70시간 이상 머리가 좋아진다.

※. 70시간의 경우 정확한 시간이 측정되지 않았다.

여기까지가 지적 능력에 관한 기록이었다.

객관적인 수치로 표현했지만, 70시간 이상이 언제까지인지 확실히만 알 수 있다면 좋을 텐데, 그게 이제 쉽지가 않았다.

그걸 시험하러 일부러 유미와 떨어진다는 건 말도 안 된다.

회사에서의 비중이 높은 만큼 요즘은 1분 1초도 머리를 굴리는 데 사용하고 있으니 말이다.

그다음 매력이다.

두 번째 능력 - 매력

1. 유미를 만나고 나서 두 번째 능력, 매력을 발견했다.

2. 지력과 동일한 시간이 지속된다.

3. 최면과 같은 능력이 아니기에 여자들이 과도하게 접근하지는 않는다.

4. 유미와 하룻밤을 지내면 여자에게 주는 매력은 사라지고, 남자에게 주는 호감으로 바뀐다.

유미와 결혼한 후 최근 관찰한 것으로 보아 맨 마지막 4번은 잘 못 되었다는 걸 깨달았다.

그래서 새롭게 적은 것이 밑에 보였다.

- 유미와 하룻밤을 지내면 남자와 여자 모두에게 호감을 준다. (최면과 같은 능력은 아님.)

마지막 별첨은,

※ 동성연애자는 매력이 통하지 않는다.

였다.

이건 신기한 일이었다.

스위스에서 남성 동성연애자와 대면한 후 찾은 약점이며, 최근에는 송초화를 통해 확신했다.

마지막으로 그 밑에 적어놓은 걸 보면서 민호는 미소를 지었다.

새로운 능력.

1. 스위스에서 유미와 하루를 보내고 난 후에 신무기 장착했음.

2. 지속 시간은 40시간이 지난 현재까지도 이어지고 있음.

3. 지금은 꺼지지 않은 현상이라서 영구적이라고 확신
함.

불안할 때마다 꺼내서 보는 이 관찰 노트.

이제야 민호는 마음의 안정을 했다.

하지만 문제는 이제 몸이었다.

방으로 돌아와서 유미의 옆에 눕게 되니 갑자기 20대 청
춘의 힘을 주체하기 힘들었다.

그렇다고 자는 유미를 깨우기도 좀 그랬다.

그때….

"오빠… 잠이 안 와?"

"응?"

"자꾸 왔다 갔다 해서."

"아, 미안. 내가 깨웠지?"

"아냐. 나도 사실 잠이 안 와서… 내일 우리 해달이가…
남자아이 일지, 여자아이일지 궁금하거든….

유미는 오전에 한 달에 한 번씩 가는 산부인과를 예약했
다.

바쁘지만, 항상 같이 다녔던 산부인과를 유미 혼자 보낼
수 없었던 민호.

더구나 내일 아이의 성별을 확인할 수 있었다.

그게 궁금해서 지금껏 유미는 잠을 청하지 못했나 보다.

민호는 살며시 웃으며 그녀를 꼭 껴안았다.

순간 유미가 '윽' 소리를 내며 그에게 말했다.

"뾰족한 게 자꾸 배를 찌르네."

"……."

❧

아침에 일어났을 때, 장인어른인 정필호에게 문자가 와 있었다.

─ 아들인지 딸인지 확인한 후 꼭 연락해줄 것.

참 유별난 장인이었다.

어련히 민호가 연락 안 할까 봐….

그래도 오죽 궁금했으면 그랬을까 생각하며 유미와 들른 산부인과.

의사는 유미의 약간 볼록 나온 배를 보며 미소를 지었다.

곧이어 안경을 치켜들며 하는 말.

"배가 많이 불렀네요. 이제야 임산부티가 나는데요?"

"그래서 요즘 살짝 우울하답니다."

"에이, 당연한 거예요. 그렇게 생각하지 마세요."

유미를 위로한 의사는 곧이어 초음파 검사에 들어갔다.

옆에서 조용히 지켜보던 민호.

갑자기 무언가를 발견하고 자신도 모르게 말했다.

"아들이군요!"

"네?"

"저 뾰족한 거요… 저거…."

"저거는 뼈예요."

"아…."

내뱉는 탄성은 안도의 그것이었다.

민호는 정말 간절하게 딸을 원했다.

물론 유미를 닮은 딸로.

민호의 그 표정을 보면서 살짝 웃는 의사.

다시 한 번 안경을 치켜들며 최종적으로 아이의 성별을 판단해주었다.

"아이 물건은 핑크색 계열로 고르시면 되겠어요."

의사의 말이 암시하는 아이의 성별.

바보가 아닌 한 딸이라는 게 확실했다.

날아갈 것만 같았다.

유미의 손을 꼭 쥐고 나와서 바로 정필호에게 연락했다.

(뭐? 딸? 정말이야? 잘 됐군, 정말 잘 됐어.)

기뻐하는 정필호의 목소리를 듣고 민호 역시 즐거웠다.

다만 회사로 들어가자 그 기분을 계속 유지하기 힘들었다.

출근하자마자 권순빈이 상기된 표정으로 다가왔던 것이다.

아마도 좋은 소식은 아니라는 예감이 들었다.

"어제 말씀하신 최민식이요."

"네."

"좀 힘들겠는데요…."

"왜요?"

"벌써 스위스 모슈에서 접촉했다는 소문이 있었습니다. 이서진이랑 꽤 친했는데, 아마도… 그쪽에서 연결되지 않을까 생각이 되네요. 이미 동료들에게는 회사 그만둔다고 말하고 다녔답니다."

그렇다면 종섭이 어젯밤 그를 만났어도 별다른 소득을 거두지 못했을 가능성이 높았다.

그래도 민호는 실망하지 않았다.

오랜만에 유통 본부로 내려간 이유가 한 가닥 희망을 품었기 때문이다.

그런데 유통본부에 들렀더니 종섭은 아직 출근도 하지 않았다.

"김 소장님, 하하… 어쩐 일이십니까?"

"아, 구 차장님. 잘 지내셨어요?"

"아이쿠, 구 차장님이 뭡니까? 그냥 구인기 차장이라고 불러주세요. 전 말입니다. 공과 사를 뚜렷하게 구분할 줄 아는 놈입니다. 하하하."

민호는 구인기의 왕 점을 보면서 쓴웃음을 지었다.

사람은 정말 제각각이라고 생각했다.

어제 종섭처럼 자존심으로 도배된 사람과 반대인 구인기를 보니 또 한 번 사람들의 개성을 느꼈다.

"이 차장 보러 왔어요. 아직 출근 안 했나 보죠?"

"아, 네. 아까 연락 왔습니다. 오늘 출근이 늦는다고."

"그렇군요. 알겠습니다."

그때 민호의 눈에 출근하는 종섭의 얼굴이 보였다.

그는 자신의 얼굴을 보자 살짝 표정을 굳혔다.

괜히 그에게 결과를 물을 필요는 없었다.

때로는 말이 없어도 일의 결과를 짐작할 수 있는 법이다.

그의 표정으로 어제 추진한 일이 잘 안 되었다는 걸 깨달았으니, 이제 다른 방법을 생각해야만 했다.

일단 다시 복귀한 유통본부에서 그나마 한 가지 낭보가 들어왔다.

강태학은 그를 기다렸던지 상기된 표정으로 말했다.

"정근이가 말한 내용을 조 대표님이 푸칸에게 전달했는데, 꽤 긍정적이랍니다. 바로 자신의 군부 라인을 가동해서 일을 담당하고 있는 정부 인사와 자리를 마련하겠다고 말했답니다."

"그거 잘 됐군요."

"오늘 정부 인사를 만난답니다. 아마… 조금 있으면 결과가 나올 거 같은데, 정근이는 꽤 긍정적인 결과를 예측하고 있더군요."

한쪽이 막히면 한쪽이 뚫리는 법이라고 생각한 민호.

물론 막힌 나머지 한쪽도 뚫는 방법을 연구해야 했지만, 지금으로서는 인도네시아 건이 꽤 중요했다.

특히, 이제 글렌초어의 실체를 알았기 때문에, 그 이후 첫 싸움부터 밀리기는 싫었다.

비록 백만 가구 쪽을 내주기는 하겠지만, 슬럼가 사람들의 보금자리 정도는 챙기려는 민호의 계획.

그게 점심시간을 거치면서 긍정적인 신호가 왔다.

"조 대표님이 직접 전화하셨습니다."

"아, 그래요?"

민호는 재빨리 권순빈이 건네준 전화기를 받았다.

(이봐, 김 소장. 됐어, 아주 급속도로 추진됐단 말이야. 하하하.)

"네, 정말입니까? 어떻게 이렇게 빨리…."

(이쪽에서 슬럼가 사람들과 유혈충돌 직전이었거든. 빨리 뭔가 발표하고 싶었나 봐. 그래야 그 사람들의 분노와 설움을 달랠 수 있잖아. 그래서 바로 합의 봤네. 나도 이렇게 번갯불에 콩 볶아먹은 일 추진은 처음이야.)

"정말 잘 됐습니다. 제가 드디어 조 대표님께 면이 서네요. 하하하."

민호는 퇴직한 조명회를 다시 끌어내고 나서 드디어 큰 선물을 줄 수 있었다.

앞선 화력 발전소는 그가 대표로 오기 전에 추진된 것이고, 지방의 글로벌 마트 지점은 미약했기에, 지금 이 건은 꽤 기분이 좋았다.

(그런데 이쪽에서 기획 단계부터 같이 추진해야 한다고 말하는데…, 난 이제 한국에 들어가 봐야 하지 않겠나?)

"일단 그쪽 지사에 정근이를 당분간 두겠습니다. 원래

개 아이디어였으니까, 거기다 던져 놓고 빨리 들어와서 쉬십시오."

(그래, 알았어. 한국 들어가서 보자고.)

만면에 웃음을 가득 품고 전화를 끊은 민호.

이정근에게는 약간 미안하지만, 그를 인도네시아 현지에 당분간 둘 수밖에 없었다.

조명회 대표에게 말한 대로 이건 순수하게 그의 아이디어였다.

따라서 인도네시아 정부 인사를 돕는 일 역시 그가 하면 더 긍정적인 방향으로 수확할 게 분명하다는 판단이 들었다.

이제 골리앗을 향한 다윗의 두 번째 돌멩이가 남았다.

안타깝게도 그 돌멩이는 혼자 들 수 없었다.

그래서 결국 잠시 안재현을 만나야 한다.

주차장으로 가는 민호의 발걸음에 굳은 각오가 새겨졌다.

홀릭

HOLIC : 그의 직장 성공기

166회. A&K? 에이스 〉 킹?

안재현과의 약속 시각이 다가왔다.

교통상황을 고려해서 생각보다 더 빨리 움직인 민호.

그런데 너무 잘 뚫려서 글로벌 마트 본점에 들어오니 한 시간도 넘게 남아있었다.

이렇게 된 김에 잠시 우성영 지점장을 만나고 가려고 1층에 발을 내디딘 순간.

"어서 오십시오. 글로벌 마트입니다."

예쁜 아가씨 하나가 입구에서 인사했다.

프리미어 마트의 차별화를 보여주려는 것인지, 입구에서부터 기분 좋게 들어갔다.

이곳은 오랜만이었다.

여름이라서 그런지 계절에 맞는 세일을 군데군데에서 하고 있었는데, 한눈에 많은 사람이 자리를 차지하고 있다는 게 보였다.

그들을 보면서 또 한 번 기분이 좋아지는 건 어쩔 수 없는 일이었다.

글로벌 마트는 민호가 회사에 들어와서 진행한 첫 역작!

이미 인근 마트 세 개를 합친 것만큼 매출과 순이익을 자랑한다.

사실 지점장인 우성영이 잘 운영하는 것도 있었다.

그래서 한마디 덕담이라도 해주려고 들른 지점장실.

민호가 들어오는 것도 알아채지 못한 우성영은 무언가 열심히 적고 있었다.

"지점장님?"

화들짝.

사람의 놀라는 모습을 표현하는 세 글자.

그것을 바로 우성영이 보여주고 있었다.

"……."

뒤에서 봤을 땐, 머리가 있었는데 앞에서는 홀랑 까진 넓은 이마에 말도 하지 못하고 자신을 바라보는 그의 표정.

흡사 횡령이라도 하다가 걸린 얼굴이었기에 민호는 고개를 갸웃거리면서 말했다.

"무슨 일입니까?"

"아무것도 아… 아냐. 어… 언제 왔어?"

말까지 더듬는 그는 방금까지 하던 것을 재빨리 덮으며 일어섰다.

민호의 눈에 작은 수첩이 보였다.

호기심이 들었다.

그 안에 무엇이 적혀 있는지.

분명히 우성영이 깜짝 놀란 걸 보면, 자신에게 알리지 말아야 할 무언가가 적혀 있었을 텐데….

"우리 김민호 소장님! 어쩐 일이셔? 응?"

우성영이 자신의 화제를 재빨리 돌리려는 듯, 온 용건을 물어봤다.

궁금함은 증폭되었지만, 남의 일을 계속 들추어내고 싶은 생각은 없었다.

더구나 예전에 그와 자신은 꽤 부담스러운 사이였다.

그는 자신에게 말 안 듣는 지점장으로 통했으니.

하지만 지금은 그야말로 부대끼면서 유대감이 생겼다.

우성영이 다른 화제를 원하면, 그쪽으로 가는 게 옳은 일이라 생각한 민호.

칭찬을 덧붙인 대답이 흘러나왔다.

"근처에 약속이 있어서요. 그런데 정말 사람들 많네요. 불황 맞아요?"

"우리는 그런 말 몰라. 자네도 알다시피 내가 이 마트를 맡은 후, 매출이 꺾인 적은 단 한 번도 없어."

은근히 자신을 잘 띄우기도 한다는 걸 민호는 잘 알고 있었다.

태클 걸고 싶은 생각은 없었다.

다만 앞으로 개장할 평택점도 잘 되기를 바라는 마음에 그에게 부탁했다.

"이번 주말에 오픈하는 곳도 잘 될 수 있도록, 많은 노하우를 케이티에게 알려주세요."

"그럴게. 어차피 조금 있다가 케이티 오기로 했는데… 보고 가."

"그래요? 언제요?"

"조금 있다가…."

민호는 그 이야기를 듣고 잘 됐다고 생각했다.

앞서 생각했던 A&K의 실체를 밝히는 일.

이곳에 오는 동안 그의 머릿속에 온갖 생각의 조합들이 떠올랐다가 가라앉았다.

미스테리 투성이였다.

그래서 결론을 내린 건….

A&K에서 파생된 에이스 그룹에 대해서 더 알아야 한다는 생각.

그것이 그의 머리를 지배했다.

정확히는 그곳 총수, 존슨에 대해서.

그렇다고 케이티가 바로 답을 줄 거라고는 생각하지 않았다.

이미 답을 가지고 그녀에게 확인하는 게 더 중요하다고 봤다.

그때였다.

호랑이도 제 말 하면 온다더니, 케이티가 바로 도착했다.

여름이라서 그런지 쇄골이 다 드러나 있는 옷을 입었다.

사람들이 쇄골 미인이라고 하는데, 그녀가 딱 그 표현에 정확게 맞아떨어졌다.

거기다 볼륨감 넘치는 몸매.

나올 때는 더 나왔고, 들어갈 때는 여전히 날씬한….

그럼에도 불구하고 민호는 한 치의 흔들림 없이 그녀를 바라보며 인사했다.

"오랜만입니다."

반갑게 그녀를 맞이하는 민호.

케이티 역시 반가운 마음이 솟아났다.

쿵쾅쿵쾅.

민호와는 다르게 그녀는 그를 보니 다시 가슴이 뛰고 있었다.

"민호 씨, 어쩐 일이세요?"

"근처에 약속이 있어서… 잠시 들렀어요."

옆에서 민호와 케이티, 두 사람의 재회인사를 보고 있던 우성영.

그는 눈치를 보면서 재빨리 그들에게 말했다.

"그럼… 난 잠시 나가 있을게. 이야기들 나눠."

둘 만의 시간을 만들어준다.

눈치 빠른 그는 민호가 케이티에게 할 이야기가 있다는 것을 아까 알아챘다.

또한, 민호가 약속 시각에 쫓긴다는 것도.

그래서 재빨리 이 자리를 떴다.

사실 빨리 나가고 싶은 마음도 앞섰다.

왜냐하면, 더 오래 있다가 민호가 아까 자신이 숨긴 수첩의 일을 추궁할지도 모른다고 생각했기 때문이다.

지점장실에서 나와 주머니에서 살짝 꺼낸 붉은 수첩.

그곳에 아까 쓰다 만 것이 우성영의 눈에 보였다.

6월 세 번째 주 싸가지 순위.

1위 이종섭 : 29주 연속

2위 이정근 : 나이는 가장 어린놈이 무섭게 치고 올라옴.

3위 안재현 : 김민호한테 당한 후에 순위 상승 못 함.

4위 김민호 : 안재현을 물리친 후 슬슬 순위가 내려옴.

5위 송근태….

우성영의 취미이자 습관이었다.

싸가지 순위를 매주 경신해서 적어놓는 것.

이게 스트레스를 풀 때에는 즉효 약이었다.

때로는 진상 손님도 적혔다.

어제 온 송근태란 손님이 바로 그 경우인데, 몇 번 쓴 프라이팬을 환불해달라고 왔다.

햄버거 패티를 굽다가 탔다면서, 언론에 알리겠다는 진상짓을 해서 어쩔 수 없이 돈을 지급했다.

글로벌 본사에서는 웬만한 진상짓은 투철한 서비스 정신으로 커버하라는 방침을 내렸다.

특히, 홍보팀의 박규연 과장이 왔을 때 벌어진 어제의 일이었다.

그녀는 심지어 송근태에게 돈을 환급해 주면서 오히려 블로그에 좋은 글 좀 올려달라는 말까지 했다.

그게 좋은 방법인지는 모르겠지만, 송근태가 우성영의 머리에 각인된 어제.

그래도 송근태는 그의 수첩에는 적힌 싸가지 상위권을 누를 수 없었다.

그들이 얼마나 막강한지 보여주는 대목.

그래서 아까 민호에게 들킬까 봐 전전긍긍했던 것이다.

"휴우…."

안도의 한숨이 우성영의 까진 이마에서 내려오는 땀과 섞였다.

가까스로 민호와의 초반 안 좋은 인상을 회복했다.

수첩을 절대 들켜서는 안 된다고 다시 한 번 속으로 다짐했다.

한편, 케이티를 만난 민호는 마음이 급했다.

안재현과 약속시각이 얼마 남지 않은 상황.

케이티는 자주 만날 수 없는 사람이다.

시간 효율성이 늘 필요한 민호였기에, 그녀가 이곳에 등장했을 때 될 수 있으면 많은 정보를 알아내고 싶었다.

그래서 짧은 인사 후에 바로 질문에 들어갔다.

"존슨이요?"

"네, 존슨에 대해서 알고 싶습니다."

케이티의 큰 눈이 반짝였다.

오랜만에 만난 민호.

결혼으로 이미 자신의 기억 저편에 묻어둔 사람이다.

그런데 만나자마자 뜬금없이 에이스 그룹의 총수, 존슨의 정체를 물었다.

여전히 떨리는 가슴을 부여안고 그녀가 입을 열었다.

"어떤 점이 궁금하세요? 저도 사실 잘 몰라서요."

"바로 그겁니다. 그는 잘 알려지지 않았어요. 과거를 뒤져봐도 특별히 알아낼 것도 없고. A&K 같은 큰 그룹의 한 축이었는데 어떻게 이럴 수 있는지 모르겠습니다."

"아뇨. 그는 갑자기 나타났어요."

"갑자기요?"

민호의 머리가 계속해서 움직였다.

갑자기 나타난 총수라니.

그럴 수도 있는가.

"원래 대중들에게 알려지지 않은 게 킹 그룹보다 에이스 그룹이 훨씬 작았어요."

"그런가요?"

두 회사가 합병한 때는 민호가 전혀 그 회사들에 관해서 관심이 없었을 때였다.

당연히 그 이야기를 알 리가 없었다.

케이티의 이야기는 계속되었다.

"당시 언론발표는 합병으로 기사화되었지만, 재계는 킹 그룹이 에이스 그룹을 흡수했다고 생각했죠. 하지만 안을 들여다보면 달랐어요. 실제로는 킹 그룹이 에이스 그룹에 흡수된 거나 마찬가지였죠."

그걸 케이티는 한국에 발령을 받은 후에 알게 되었다고 한다.

처음에는 킹 그룹의 임원들이 하나하나 잘려나갔고, 새로 대체된 사람들은 에이스 쪽 사람들.

"스미스는 처음에 킹 그룹 쪽이었는데, 나중에 에이스에 붙어버렸다고 들었어요. 회사가 둘로 분리될 때 에이스 쪽을 선택했거든요."

민호의 머리에 스미스의 얼굴이 떠올랐다.

살짝 까진 머리에 50대 남성.

나름대로 자신에게 협조적이어서 더 인상적이었다.

그런 그가 결국 킹 그룹에서 보자면 변절자나 마찬가지였다.

그리고….

"케이티는 그럼 처음부터 끝까지 킹 그룹 쪽이었겠네요."

끄덕끄덕.

고개를 위에서 아래로 두 번 끄덕이며 케이티는 긍정의 표시를 보냈다.

"회사가 둘로 갈라질 때쯤… 에이스에서 온 사람이 회유하려고 했죠. 제가 끝까지 거절했고요."

물론 그 사이에 숨긴 이야기가 있었다.

케이티가 당시에 진짜 거절한 이유.

바로 앞에 있는 민호 때문이었지만, 그걸 말할 순 없었다.

"또 알고 싶은 거 있으면 다 물어봐요. 알고 있는 만큼 대답해 줄 수 있으니까."

그 말을 하면서 그녀의 눈빛이 반짝반짝 빛났다.

그와 더 오래 함께 있기를 바라는 마음에서 던진 말이었다.

하지만 야속하게도 민호는 자리에서 일어나며 이렇게 말했다.

"아니요. 시간을 더 빼앗을 수는 없죠. 주말에 오픈이라 바쁘실 텐데요."

"……"

"그리고 충분히 도움이 되었어요. 정말 고마워요."

아무 말 없이 자신을 바라보는 케이티에게 주는 약이라고 해야 하나?

민호는 미소를 지으며 고맙다고 말했다.

심지어 그걸로 부족했는지 한마디 더 했다.

"전 말입니다. 최고가 될 겁니다. 거기까지 케이티와 같이 가고 싶어요. 지금처럼 도와주세요."

케이티의 눈망울이 마구 흔들렸다.

그 말을 들으니 더욱 그에게 도움이 되고 싶었다.

더 도울 수 있는 일이 없을까 생각하던 그녀….

"아, 킹 그룹 회장이 곧 한국에 들어와요."

"……?"

"저랑 잘 알거든요. 한국계라서 특히 제가 미국 갈 때마다 한국에 대해서 물었어요. 저번에 휴가 갔을 때도…, 아무튼, 원하시면 제가 만나게 해드릴게요."

케이티가 한 말을 듣고 민호의 눈이 커졌다.

에이스 그룹의 실체와 존슨의 정체를 파악할 수 있는 사람 한 명을 더 소개받는다는 의미.

케이티를 보는 눈에 고마움이 더 담길 수밖에 없었다.

마트를 나오면서 이제 민호의 머리에 또 다른 변수 하나가 생겼다.

케이티의 말을 듣고 만남의 기회가 생긴 킹 그룹의 총수.

사실 킹 그룹의 총수야말로 A&K의 실제 총수였다.

그곳은 예전에 민호의 회사와 밀접한 관련이 있던 곳이었고.

현재의 글로벌 마트도 그 회사와 합작했었고, 당시 손을 잡고 성혜 그룹에 대항한 기억이 있었다.

세상에 적도 없고 아군도 없다는 게 이제야 실감이 났다.

성혜 그룹에 먹히지 않기 위해서 안간힘을 썼던 그 당시의 조력자는 이제 적이 되었으니 말이다.

또한, 또 하나의 적인 안재현을 만나서 잠시 손을 잡을지 판단하러 가고 있는 것만 봐도, 적과 아군의 경계는 점점 모호해진다.

그리고….

드디어 도착한 제육 덮밥집에서 문을 열자.

그 경계선을 밟은 자가 눈에 보였다.

안재현이었다.

HOLIC : 그의 직장 성공기

167회. 사람은 변하지 않는다

안재현은 이미 자리에 앉아있었다.

신기한 게 이용근을 대동하지 않았다.

심지어 그의 그림자와 같은 존재 비서도 주변에 보이지

않았다.

다만 지난번처럼 손님이 한 명도 없는 걸로 봐서, 그가

이곳을 전세 낸 것이라고 민호는 생각했다.

털썩.

민호는 그의 맞은편 자리에 바로 앉으며 입을 뗐다.

"언제 오셨습니까?"

"아까."

자신을 보며 웃으며 대답하는 '아까' 라는 말.

민호는 왠지 모르게 그가 꽤 오래 그가 자신을 기다렸다고 생각했다.

사실 그가 늦은 것은 아니었다.

설사 늦었더라도, 하늘 아래 자신이 중심인 민호에게 죄책감 따위가 생길 리가 없었다.

그냥 궁금했다.

어째서 그는 항상 자신에게 관대한가.

처음엔 유미와 하룻밤을 보낸 후 생긴 호감에 따라 그가 자신을 포섭하려고 한다는 생각도 들었다.

하지만 그 능력은 최면이 아니다.

이미 많은 경험이 쌓인 민호는 결정적일 때, 단지 호감만으로 사람의 마음을 바꿀 수 없다는 것을 잘 알고 있었다.

그런데….

"왜 저에게는 잘해주시는 겁니까?"

민호는 궁금한 부분에 대해 돌직구를 날리는 남자.

그러나 안재현 또한 그런 질문에 놀라지 않는 사람이었다.

그는 뱀 눈을 번뜩이며 민호의 눈을 직시했다.

"그냥… 이라고 하면 이상한가?"

"네. 하지만 정확한 이유를 말씀하시지 않아도 됩니다."

뱀눈이 강렬해지자 민호의 눈 역시 강렬해졌다.

눈싸움 이상의 기 싸움.

그래도 부가적인 이유를 묻기 위해 이 자리에 나온 것은 아니다.

그에게 얻어낼 것도 있었고, 알아낼 부분도 존재했다.

그게 바로 민호가 먼저 입을 연 이유였다.

"묻고 싶은 게 있습니다."

"와서 질문만 하는군. 먼저 주문부터 해라."

"어차피 제육 덮밥인데요, 뭐."

민호의 그 말에 안재현은 살며시 미소 지었다.

이럴 때 보면 뱀눈이 살짝 정감이 갔다.

자신이 배고픈 걸 알아준다는 듯이 주인에게 재빨리 주문하는 그 점 역시.

그냥 성격 강한 아는 형 같다고나 할까?

"제육 덮밥 두 개 주세요. 가장 맛있게."

"네, 회장님."

'가장 맛있게' 부분에서 약간 포인트를 주었다.

그리고 주문하고 다시 민호를 바라보는 안재현의 입이 열렸다.

"아까 한 질문. 처음 것부터 제대로 대답하면…."

"……."

"재미있어서다. 네가 글로벌 키우는 거… 옆에서 보니까 재미있어… 그리고… 고맙기도 하고…."

"고맙다고요?"

"당연하지. 언젠가 내가 먹을 건데, 더 키워주고 있잖아. 하하하."

안재현의 입에서 큰 웃음이 터져 나왔다.

그러자 그 웃음이 끝나길 기다린 민호도 비슷한 종류의 웃음으로 말했다.

"그러시겠네요. 그런데 그렇게 고마우면 보답하셔야죠."

"보답이라…."

민호가 무슨 말을 할지 궁금한 안재현은 잠시 기다렸다. 민호의 입이 열릴 때까지.

이윽고 민호가 웃으면서 하는 말은….

"성혜 제약을 주십시오."

민호의 그 말을 듣고 안재현의 얼굴에 걸린 미소가 더 진해졌다.

마치 그 말을 할 줄 알았다는 듯이.

민호 역시 마찬가지로 웃고 있었다.

"다 달라는 건 아닙니다. 합작하자는 겁니다."

"합작이라… 왜 글로벌은 항상 합작하지?"

"모르셔서 묻는 겁니까? 합작하고 나서 나중에 낼름! 먹어버려야죠. 지금 마트도 그랬으니까요."

예전에 A&K와 합작한 지금의 글로벌 마트.

A&K에서 내부의 싸움이 일어난 틈에 민호 말대로 낼름 가져왔다.

이번에 석탄 화력 발전소도 실상은 글로벌 건설과 인도네시아의 첸다 그룹과의 합작이나 마찬가지였다.

또 있다.

바로 알츠하이머 신약.

스위스의 모슈와 글로벌이 이익금을 나눈다.

여기서 마지막에 언급된 신약을 민호는 국내에서 만들어 보고 싶었다.

그게 불가능하지 않았다.

얼마 전에 알아본 결과 스위스에서 신약 제조 과정에 투입된 연구진 몇 명이 성혜 제약에 소속되어 있다는 걸 파악했으니까.

그래서 지금 성혜 제약을 욕심내는 것이다.

이미 안재현도 그것을 파악했다는 것쯤은 알고 있는 상태.

다만 주고 안 주고는 그의 마음인데….

"좋다. 하자."

"……!"

뜻밖에 안재현이 승낙했다.

민호의 눈이 커질 수밖에 없는 대답이었다.

"어차피 특허권을 글로벌이 공동소유하고 있으니, 모슈 사에 신청해서 한국에서 제조한다고 절차 밟으면 되는 걸로 알고 있다. 업그레이드시키는 건 더 먼저였으면 좋겠나."

일단 그의 말에 민호는 고개를 끄덕였다.

A&K와의 비하인드 스토리를 물으러 왔다가 뜻밖에 성과를 얻어가게 생겼다.

그 이후 이들의 대화.

민호가 묻고 안재현이 대답하는 식으로 진행되었다.

그는 정말 순순히 말해줬다.

자기가 아는 한, 모든 것을 민호가 묻는 대로.

마지막 질문에 대한 대답이 끝나자, 민호의 귀에 그의 음성이 들렸다.

"결국은 같이 일하자는 쪽이 합작이었군."

"플러스 알파가 있죠. 같이 손잡고 에이스 그룹을 치자는 거죠. JJ 사모펀드야… 솔직히 작은 데고, 미국 본사를 치면, 얻을 게 많잖아요."

그 이상이다.

에이스 그룹을 치면, 글렌초어가 나오고, 글렌초어를 무너트리고 흡수하면 최고가 될 수 있다.

민호는 이걸 계란으로 바위 치기라고 생각하지 않는다.

하나씩 하나씩 무너트리면 되는 것으로 보았다.

그래서 새로 생긴 적이 무척이나 반가웠다.

사실 그냥 적도 아니었다.

매우 강력한 적이 되어 그 마각을 언제 드러낼지 모른다.

실제로 민호의 스마트폰이 울리면서, 그 마각이 시작되었다.

"잠시만요."

재권이었다.

오늘 안재현을 만난다는 말을 하지 않았는데, 혹시나 우연히 알게 되어 전화한 게 아닐까?

그 생각에 받은 전화였는데….

(민호야, 홈 마트가 상장 폐지한다는 거 봤어?)

드디어 시작이었다. 글렌초어의 기업사냥이.

소식을 들은 민호의 머리에 해야 할 일이 각인되었다.

옛말에 적을 알고 나를 알아야 백번 싸워서 이길 수 있다고 했다.

또한, 적의 적은 친구가 될 수 있다는 말도 있었다.

다시 들어간 제육 덮밥집에서 일단 민호.

거기서 안재현 역시 누군가와 통화를 하고 있었다.

눈빛에 새겨진 의혹을 보며 민호는 생각했다.

그 역시 홈 마트의 상장 폐지를 듣는 중이라고.

전화를 끊고 나서 그는 민호에게 바로 자신의 호기심을 던졌다.

"너…."

"……."

"아는 게 더 있나?"

기업이 상장 폐지한다는 의미.

여러 가지 뜻이 내포되어 있었다.

그것은 공개적으로 투자금을 받지 않겠다는 말도 되는데,

또 다른 말로 하면 비밀스럽게 자금 운용을 하겠다는 의미
였다.

단순히 에이스 그룹이 아닌 배후에 무언가 더 숨어있다
는 느낌을 받았던지 민호에게 물어보는 안재현이었는데….

"글쎄요…."

모호한 대답을 던져주었다.

긍정도 부정도 아닌.

당연히 안재현은 빠른 판단의 소유자이며, 민호가 아는
것을 공유하고 싶지 않다는 걸 깨달았다.

"좋아."

그 말을 하며 안재현은 일어섰다.

더는 민호에게 얻을 게 없다고 여긴 것이다.

민호 역시 그에게 이렇게 말하며 작별을 고했다.

"뭐 믿으실지 모르겠지만, 처음엔 회장님이 무지하게 싫
었는데… 지금은 좀 좋네요. 일단 바빠서 전 들어가겠습니
다. 일은 그쪽에 이용근하고 추진하면 되죠?"

고개를 끄덕이는 안재현.

늘 그랬지만, 아니 최근 들어서 더….

정말 신기했다.

계속 자신에게 관대한 그 모습이.

생각해볼 만한 일이었다.

분명히 '그냥' 이라는 말로는 설명할 수 없었으니까.

후두둑… 후두둑… 후두둑.

글로벌 마트에 가는 중에 갑자기 비가 쏟아지고 있었다.

시장길 지붕에 나는 소리가 거센 걸 보니 소나기가 틀림없었다.

어차피 차를 가지고 온 민호.

주차장까지 거리가 가까워서, 양복에 몇 방울 맞는 비가 전부였지만, 다른 사람들은 갑작스레 내린 비에 젖을지도 모른다고 생각했다.

그때 마트 앞에서 우산을 나누어주는 게 눈에 보였다.

"우산 가져가세요. 글로벌 마트입니다."

민호도 그 우산을 받았다.

딱 봐도 저렴한 원가로 생산된 우산이었지만, 홍보에는 제격이었다.

우산 위에 글로벌의 엠블럼과 〈세계로 달려가는 글로벌 마트〉라는 말이 쓰여 있었는데, 민호가 시선을 돌려보니 벌써 많은 사람이 이 우산을 쓰고 다녔다.

글로벌을 상징하는 푸른색의 물결.

민호의 기분이 저절로 좋아져서, 잠시 치열하게 머리싸움 하던 게 다 날아갔다.

확실히 우성영이 글로벌 마트에서 무언가를 하고 있었다.

그것도 꽤 잘.

괜히 전국 1위의 마트가 된 게 아니었다.

가끔 자신에 대한 도취가 지나쳐서 점수를 깎아 먹지만,

이번에는 제대로 격려해주고 싶은 민호.

지갑에 있는 법인 카드를 줄 목적으로 다시 지점장실로
올라갔다.

혹시나 케이티도 아직 있다면, 일거양득.

아까 급하게 끝냈던 질의응답을 연장할 수도 있으니 '꿩
먹고 알 먹고' 다.

그런데 막상 지점장실에 들어가니 아무도 없었다.

어차피 이곳은 우성영만 들어올 수 있는 곳.

우성영의 데스크 위에 법인 카드를 놓고 나가려고 했
다.

그래서 지갑에서 카드를 꺼내 데스크 위에 놓고, 그 옆에
다가 포스트 잇으로 '회식도 한 번 하시고, 힘내세요! 요즘
보기 좋습니다.' 라고 붙여놓았다.

그때 그의 눈에 붉은 수첩이 보였다.

민호는 그 수첩을 아까 봤다.

안재현을 만나러 가기 전에 만난 우성영은 여기에다가
뭘 적다가 자신이 들어오자 놀라는 것 같았다.

사람은 호기심의 동물.

민호 역시 마찬가지다.

그는 손을 뻗어 수첩을 들었다.

그리고 내용을 보니….

"이건… 뭐지?"

그의 눈에 황당함이 담겼다.

누구나 기록의 습관을 지니고 있다고 생각한 민호였다.

민호 역시 노트에다가 많이 적고 늘 잘 보관한다.

집에서도 유미가 혹시 볼까 봐 개인 금고에 넣어 두었다.

헌데 지금 손에 든 수첩은 꽤 이상한 기록이 적혀 있었다.

싸가지 순위라니?

그것도 매주 경신되는.

사악, 사악.

민호의 손이 궁금함 때문에 빨리 뒤쪽으로 넘겨 갔을 때….

드디어 올해 초에 기록된 싸가지 순위가 보였다.

당당하게 가장 윗자리에 있는 민호.

1위 김민호

그 옆에 짧은 코멘트도 보였다.

– 젊은 놈이 본사에서 왔다고 잘난 체함. 융통성 제로. 이런 싸가지는 처음 봄.

어이가 없어서 민호의 입이 벌어졌다.

그게 끝이 아니었다.

그다음에 민호의 순위가 떨어지기 시작한 건 바로 안재현이 등장하고 나서였다.

문제는 새로운 1위에 대한 코멘트를 민호가 전혀 이해할 수 없었다는 점이다.

– 닥쳐! 라는 그 말이 정말 싫다.

이유는 모르겠지만, 아무튼 이때 안재현에게 밀리고 나중에 이종섭에게 밀렸다.

심지어 최근에는 4위로 내려앉았다.

그 어떤 경우에도 자신의 위 순위에 다른 사람을 허용할 수 없다고 생각한 민호.

수첩을 제 자리에 놓았다.

그리고 법인 카드 역시 자신의 지갑으로 다시 들어갔다.

밖으로 나갔을 때, 때마침 올라오는 우성영의 모습이 보였다.

그는 자신을 발견하고 환한 미소로 다가왔는데….

"요즘도 근무시간에 찜질방 다닙니까?"

"…응?"

"조심하는 게 좋을 겁니다. 그럼 전 가겠습니다."

사람은 절대 변하지 않는다.

우성영은 그것을 다시 한 번 뼈저리게 깨달았다.

HOLIC : 그의 직장 성공기

168회. 찜질방 약속

우성영을 뒤로 하고 나오는 민호.

여전히 비는 그치지 않았다.

주차장으로 가서 시동을 걸자 어느새 잦아든 유리 앞면
에 떨어지는 빗방울.

토독… 토독… 토독….

그것을 보면서 민호는 종로 큰손에게 전화했다.

(어쩐 일이냐?)

"한 번 뵈러 가려고요."

(오지 마. 허리가 쑤시는데, 너 오면 머리가 쑤실 거 같
아.)

"왜요? 비가 와서요? 하하하. 어쨌든 지금 갑니다."

종로 큰손이 갑자기 보고 싶었을까?

사실 아까부터 그를 만나러 가고 싶다는 생각이 들었다.

이유는?

신약 때문이다.

신약의 개발은 종로 큰손과 밀접하게 관련이 있었다.

스위스에서 알츠하이머 신약이라는 말을 들었을 때부터 종로 큰손이 늘 머릿속에서 떠나지 않았다.

그를 위해서 무언가 해주고 싶었다.

거기다가 사업적인 큰 이득이 있다면 당연히 일거양득이다.

공동 특허는 그게 장점이다.

예전에 타미플루도 스위스와 미국에서 생산하면서 더 대량으로 퍼졌다는 이야기를 들었다.

이번에 알츠하이머 치료 약도 마찬가지가 되지 말라는 법은 없었다.

더구나 완벽한 치료제가 아니라는 점이 민호의 의욕을 불타오르게 했다.

언젠가 종로 큰손에게 약속했다.

그를 위해서 알츠하이머 치료제를 개발하겠다고.

물론 절대 쉬운 일이 아니다.

현재 개발된 신약도 치매를 많이 늦추기는 했지만, 치료제라는 말 자체를 붙이는 것 자체가 과대광고라는 경쟁사의 주장이 빗발쳤다.

그 말을 일거에 거둘 수 있도록 예전부터 신경 쓰고 있었던 민호.

글로벌의 특허와 성혜 제약에서 개발에 관여한 연구원들이 만나면 어떤 결과가 일어날지는 알 수 없지만, 긍정적인 결과 하나쯤은 생산하지 않을까 싶다.

종로 큰손을 만나서 희망의 끈을 내보이는 민호.

"웃기지 마라, 이놈아. 나보고 그 말 믿으라는 거냐? 안 그래도 하루에 하나씩은 까먹어."

"정말입니까? 그럼 저번에 저에게 빌린 돈 좀 갚아주세요."

"뭐 인마? 그게 무슨….."

"역시 기억 못 하시는군요. 지난번에 저에게 십억을 빌려 가셨는데….."

"이런 싸가지 없는….."

종로 큰손은 말을 살짝 잊었다.

그리고 그의 말을 더 잊게 만드는 민호의 말.

"약속할게요. 치료 약… 개발할게요."

"끙….."

더 욕할 수도 없었다.

아니 사실 약간 마음이 찌르르 해져왔다.

자신도 모르게 민호의 말에 기대는 심정.

하지만 헛된 기대는 실망을 낳는 법이다.

"재권이는 안재현이랑 손잡는 거 알고는 있냐?"

"이제 알려드려야죠."

"그럼 빨리 가. 그게 먼저다. 그 녀석… 네가 하는 말이라면 팥으로 메주를 쑨다고 해도 믿는 놈인데, 미리미리 이야기했어야지."

"알겠습니다, 알겠어요. 아, 이제 사위를 먼저 챙기시네. 뒤로 밀려난 기분이 이런 거구나. 슬프도다, 정말 슬프도다. 난 노인네 병 고치려고 이렇게 노력하는데…."

"이놈이… 됐다. 빨리 꺼져버려!"

"싫습니다. 계속 있을 겁니다. 하하하."

장난치듯이 이야기한 민호.

종로 큰손은 문득 가만히 그의 얼굴을 들여다보았다.

민호 역시 마찬가지다.

"민호야…."

"네, 어르신."

"일이 잘 안 될 때… 답답하고 밋밋하게 흘러갈 때 말이다."

"……."

"반드시 출렁거리게 해라. 직접 움직여서 그대로 흘러가지 않도록! 그러면 가끔 네가 원하는 대로 일이 풀릴 거야."

갑자기 뜬금없는 말이 종로 큰손의 입에서 흘러나왔다.

그러나 늘 하고 싶었던 말이리라.

알츠하이머라는 게 시간을 정해놓고 기억력이 감퇴되는 게 아니다.

생각날 때마다 하고 싶은 이야기를 빨리해주려는 마음.

그러다 보면 이렇게 앞뒤가 안 맞고 두서가 없어 보일 때도 있었다.

이럴 때는 듣는 사람이 알아서 들어야 하는데….

"명심하겠습니다."

역시 민호는 제대로 종로 큰손의 이야기를 머리에 새겨넣었다.

종로 큰손은 늘 시원시원한 데가 있었다.

그리고 은근히 자신에게 조언한다.

그게 또 피가 되고 살이 되는지라 민호는 바로 머릿속에 넣어둘 건 넣어두고, 실천할 것은 바로 실천하는 게 상책이라고 생각했다.

지금도 마찬가지.

좀 전에 이야기했던 '밋밋한 걸 출렁이게 하라' 는 조언은 가슴에 품었다.

그리고 종로 큰손이 초반에 말했던 조언대로 민호는 재권에게 전화를 걸었다.

(응. 민호야.)

"비도 오는데 오랜만에 포장마차에서 술 한잔 어때요?"

(좋지. 하하하. 어디로 갈까?)

"형수 님 무서워서, 형님 집 근처로 가야죠."

(짜식, 농담도… 알았다. 먼저 자리 잡아놓고 있을게.)

민호는 전화를 끊고 가속기를 밟았다.

이제는 다시 치열한 세계로 발을 들여놓았다.

머리를 쓴다는 건….

참 피곤한 일이라는 걸 이제야 깨달았다.

궁금한 것이 생기면 참지 못하고 알아내고 싶은 호기심.

더구나 원래에도 약간 집요한 자신의 성격과 합쳐지면서 기어코 비밀의 문을 두드리고 싶었다.

왜 안재현은 자신에게 잘해주는가?

그 대답을 찾기 위해 찾은 포장마차에 도착했을 때가 저녁 일곱 시.

여전히 비는 그치지 않았다.

어두웠지만, 먹구름이 걷힌데다가 해가 완전히 기울어지지 않은 상황이라서 묘한 분위기를 자아냈다.

포장마차 근처에 차를 세운 민호.

촤아아악.

우산을 펼쳤다.

아까 글로벌 마트 정문에서 받은 푸른색 우산이다.

이걸 보니 우성영이 꽤 잘하고 있다고 생각했고, 그 생각으로 갑자기 또 아까 뭐라고 한 게 살짝 미안했다.

철벅… 철벅… 철벅….

고인 물을 밟을 때마다 들리는 소리가 민호의 귀를 간질였다.

밖에서 보인 포장마차.

아직 이른 시간이라 사람이 없어 보였다.

그림자 하나가 있었는데, 척 봐도 그게 재권이의 뒷모습
이라는 걸 민호는 알고 있었다.

그의 예상이 맞았다.

이미 자리에는 재권이 앉아 있었고, 테이블 위에는 소주
가 세팅되어 있었다.

"오래 기다리셨어요?"

"아냐, 방금 왔어. 이모! 여기 닭갈비 좀요."

"네~ 알았어요. 닭갈비 하나요~"

치이이익.

붉게 양념 된 닭에 기름을 두르는 소리가 민호의 귓전을
때렸다.

자연스럽게 그쪽으로 시선을 돌렸다가 다시 재권을 보는
민호.

재권이 주문하는 모습을 보고 그의 입가에 미소가 감돌
았다.

자신과 처음 포장마차에 왔을 때가 기억이 났기 때문이
다.

이런 걸 어떻게 먹느냐는 눈빛으로 쳐다본 그는….

그때 많이 취해서 자신에게 의존하는 말을 쏟아냈다.

지금은 그때의 결정력 장애가 전혀 보이지 않았다.

"왜 웃어?"

"네? 하하. 아니에요. 아, 그것보다 형님…."

"……."

"안재현 회장이랑은 어렸을 때부터 계속 그렇게 좋지 않았나요?"

"응?"

무슨 소리를 하냐는 식으로 자신을 보는 재권.

쓴웃음을 지으며 민호의 입이 열렸다.

"아, 제가 좀 이상한 걸 물었네요."

"됐어. 뭐가 알고 싶은데? 네가 다 생각하고 물어보는 애라는 거 알거든?"

재권은 옅은 미소를 지으며 민호를 재촉했다.

알고 싶은 거, 이번 기회에 다 물어보라는 식으로.

이런 판을 깔아주면 냅다 지르고 보는 민호였다.

어차피 여러 합작 문제가 끼어 있었기에, 아까 안재현과 있었던 일을 재권에게 털어놓았다.

"사실은 아까 안재현을 만났습니다. 미리 말씀드리고 가지 못해서 죄송합니다."

"아… 그래? 그런데 무슨 일로…."

"만나서…."

"……."

"성혜 제약을 달라고 했죠."

소주잔을 입으로 가져가려다가 민호의 말을 듣고 멈칫한 재권.

그러다가 다시 털어놓고 말했다.

"씨알도 안 먹히는 소리를 했구나. 하하하."

"그런데… 먹혔습니다. 최소한 합작 법인까지는 동의했으니까요."

"뭐? 정말? 말도 안 되는…."

"그래서 이상하다는 겁니다."

민호가 다시 한 번 강조하자, 재권의 동공이 살짝 흔들렸다.

"그러고 보니… 나도 결혼식에 형이 온 걸 보고 깜짝 놀랐어. 아무 목적 없이 와서 심지어 폐백실까지 와서 한마디 하셨거든."

"그런 일이 있었어요? 그때 뭐라고 했는데요?"

"뭐…, 듣는 사람에 따라서 이상한 의도로 들리겠지만, 나한테는… 원래 형이 그렇게 말하는 사람이라 기분 나쁘지는 않았어. 밟히고 싶지 않으면 꿈틀거리라고…."

그 말을 덕담으로 던지고 갔단다.

진짜 듣는 사람에 따라서 이건 재권을 지렁이로 보는 것이나 마찬가지였다.

그러나 민호는 그게 안재현의 진심일지도 모른다고 생각했다.

그 말은 마치 도태되기 전에 최선을 다하라는 뜻 같았다.

'그럴 리가… 아까 살짝 맘에 든 걸로… 별생각을 다 하는군.'

얼른 고개를 좌우로 젓는 민호.

소주 한 잔을 입에 털며 조금 전 그 생각 역시 털어 버렸다.

하마터면 악마를 키다리 아저씨로 만들뻔했다.

악마는….

그냥 끝까지 악마일 뿐이다.

민호의 상념은 여기서 끝났다.

"민호야… 마셔, 인마. 스트레스 많이 받는 거 아니까, 이럴 때는 술이 최고야, 인마. 하하하."

재권이 자신을 툭툭 치면서 소주잔을 들었기 때문이다.

민호 역시 소주잔을 들으면서 웃었다.

"형님, 너무 달리신다. 그러다가 형수 님한테 잔소리 들으세요."

"유정이? 그럴 리가? 유정이가 나한테 얼마나 잘하는데… 크아."

말 한마디 하고 소주를 털어 넣은 재권의 표정.

눈과 눈 사이가 좁혀지며 갖은 인상을 다 쓰는 게 우스꽝스러워 보였다.

그런데 재권의 그 말은 사실이었다.

유정은 실제로 재권을 꽤 존중했다.

"참, 신기해요. 어떻게 형수 님이 형님한테 꼼짝도 못 하는지."

"그건 부부 사이에만 알 수 있는 비밀이지."

부부 사이에만 알 수 있는 비밀?

당연히 한 가지밖에 없었다.

그렇다면 재권이 밤의 황제라는 뜻인가.

그럴 리가 없다.

괜히 승부욕이 샘솟는 민호.

"흠… 나중에 저와 찜질방 한 번 가시죠."

"찜질방? 그러고 보니 요즘 자꾸 이 차장이 찜질방 가자고…."

그 말을 듣고 민호는 속으로 웃었다.

종섭이 찜질방을 가자는 이유를 대충 알고 있었기 때문이다.

남자라면 하고 싶은 사이즈의 과시.

분명히 자신에게 졌으니, 다른 사람에게라도 그것을 자랑하고 싶은 게 분명했다.

재권도 알고 있는 것 같았다.

다음과 같은 말을 하는 걸 보니.

"내가 왜 가자고 하는지 알거든? 그 사람 올 초에… 아, 맞다. 비밀이지. 미안해. 오늘 비밀 이야기가 많네. 하하하."

"아닙니다. 형님. 어쨌든, 이종섭 차장이랑 형님이랑… 저, 셋이 한 번 가보는 것도 나쁘지는 않아요. 약속 한 번 잡죠."

"진짜? 흠… 사실 내가 찜질방을 한 번도 못 가봤어. 남자끼리 그런데 가는 게 좀 그렇다고 생각했거든."

"우와~ 역시 재벌은 다르다는 말이죠? 서민의 보금자리 찜질방은 거들떠보지도 않으시고…."

"아냐, 아냐. 알았어. 간다고. 가. 그래 언제로 할까?"

"일단 이 차장도 결혼식이 있고, 당분간 저도 바쁘니… 7월쯤 하죠. 대신…."

민호는 여기서 한 호흡 끊었다.

어차피 셋 중 챔피언은 자신이라고 생각했다.

하지만 잘못하면 아예 챔피언 결정전이 이루어지지 않을 가능성이 높았다.

종섭은 반드시 자신과의 대결을 기피할 게 뻔했기 때문이다.

그래서….

"이 차장한테는 제가 간다는 말을 하지 말아주세요. 짠! 하고 등장하는 게 재밌잖아요. 하하하."

홀릭
HOLIC : 그의 직장 성공기

169회. 사표

다음 날 아침 성혜 그룹의 회장실에 급하게 들어온 신지
석은 안재현의 눈치를 보면서 말했다.

"최민식이… 사표를 냈답니다."

뱀눈이 꿈틀거렸다.

어제 민호의 합작제안에 동의한 그였다.

시작부터 삐걱거린다는 느낌이 들었다.

"알아서 잡아."

"네… 알겠습니다."

대답은 했지만, 쉽지 않다는 걸 신지석은 잘 알고 있었
다.

그러나 안재현이 내린 명령이다.

이때가 능력을 보여줄 시기라고 생각하며 정보팀에 들르자마자 팀을 이끌고 있는 김명철 과장을 불렀다.

그가 최민식과 동창이었고, 꽤 친분이 있었다는 걸 말한 적이 있었다.

그 기억을 되살려 수단을 마련하리라고 다짐한 신지석.

"김 과장…."

"네, 실장님."

"그때 최민식과 꽤 친분이 있다고 했지?"

"아… 네, 그렇습니다. 동아리 활동을 같이 했었죠."

대학 때 단짝 친구를 꼽아보자면 최민식과 자신, 그리고 종섭이었다.

지난번 성혜 그룹으로 들어올 때가 기억이 났다.

최민식이 있는 성혜와 종섭이 있는 글로벌 중, 자신은 성혜를 택하겠다고 말했던 때가.

당시 종섭은 자신을 회유해서 글로벌로 들어오라고 말했었다.

하지만 그는 웃으며 그 제안을 거절했다.

어차피 종섭은 사장 딸을 잡아서 출세할 테니, 그 밑에 있기는 싫고, 차라리 성혜에 들어가서 최민식 위에서 호령하겠다고 농담 삼아 말했었는데….

"최민식이 사표를 냈다는군."

"네? 정말입니까? 이 자식이… 저한테 한마디 말도 안 하고…."

"그래서 말인데… 김 과장이 한 번 만나줬으면 좋겠어. 뭘 원하는지 알아봐 줘."

지푸라기라도 잡는 심정의 눈빛이 있다면, 바로 신지석의 눈일 것이다.

김명철은 그렇게 생각하며 고개를 끄덕였다.

"알겠습니다. 저도 친구로서 무슨 일인지는 알아봐야 하니까…"

대답을 들은 신지석이 돌아간 후 김명철은 바로 스마트폰을 꺼내 들었다.

(왜 이새꺄.)

"우리 최근 데면데면했는데 말이야. 소주 한잔 해야지, 새꺄!"

(어쭈구리. 내가 바빴냐? 네가 바빴지. 새끼들이 돌아가면서… 저번에는 종섭이가 소주 한잔 하자고 하더니… 어쨌든 알았다, 새꺄!)

"그럼 오늘 밤 종로에서 보자. 새꺄!"

(네가 사는 거야, 새꺄!)

"아, 새끼… 당연히 엉아가 사야지. 내가 너보다 더 잘 벌거든. 킥킥킥."

(아, 새끼… 또 자랑질이냐? 좀만 기다려. 내가 역전해 줄 테니까.)

전화를 끊은 김명철.

한 통화로 많은 걸 얻어냈다.

첫째, 최민식이 종섭과 이미 한 번 만났다는 것.

둘째, 자신을 역전한다는 그 말은 더 나은 대우를 받고 떠날 준비가 되어있다는 것.

그는 첫째와 둘째가 연관되어 있을지 모른다고 생각했다.

"하, 종섭이, 이 자식 봐라. 어디서 우리 회사 직원을 빼가?"

혼잣말로 중얼거리는 김명철.

예전에 술집에서 일에는 친구 관계 접어두고 선의의 경쟁을 하자는 말이 떠올랐다.

그게 바로 지금이다.

피식. 한 번 웃어주고….

승부욕을 잔뜩 불러일으켰다.

❧

같은 시간.

글로벌 그룹의 사장실.

성혜와 합작법인 건 때문에 민호는 박상민 사장에게 건의했다.

유통본부에서는 재권과 종섭이 자리했으며, 나준영 이사도 왔다.

민호는 그들에게 간단히 현재 상황을 브리핑했다.

"가지고 있는 무기를 제대로 쓰지 못한다면, 이보다 더 아까운 일이 어디 있겠습니까? 공동 특허권을 통해 신약을 팔긴 하지만, 실제 제조는 스위스에서 하고 있고, 우리는 판매 수익의 절반만을 가지고 오는 상황입니다. 그래서 생각해 본 게 '우리가 신약을 생산할 수 있다면?' 입니다."

여기까지 이야기하고 나서 민호는 사람들을 둘러보았다.

그의 눈에 후덕한 인상의 박상민 사장이 고개를 끄덕이는 게 보였다.

나준영 이사도 마찬가지다.

그런데 그는 박상민 사장과는 달리 호기심이 나면 질문하는 스타일이다.

"생산하는 게 과연 좋은 걸까? 내가 알기로 3년 후에 특허가 끝난다고 들었는데… 그때까지는 제조하지 않고 판매수익의 절반을 먹을 수 있지 않나? 물론 판매 수익 중에 다시 제조비를 넘기기는 하지만…."

"그 액수가 상당합니다. 실제 50%의 판매 이익금에 제조비용을 넘겼더니 이익금은 20%로 떨어졌으니까요. 또한, 3년 후도 문제죠. 고작 그거 하나로 팔아먹고 끝낼 건 너무 아깝습니다. 시장을 선점할 수 있는 기술이 있다면, 지속해서 수입을 올릴 수 있지 않겠습니까?"

그 말에 나준영 이사의 눈에 힘이 들어갔다.

예상했던 답변이 아닐 때 생기는 현상이었다.

"…자네… 아예 글로벌에 제약 회사를 만들 생각이군…
아니면…."

"성혜와 합작하는 이유는 나중에 완전히 빼앗아 오기 위
해섭니다."

이제야 납득이 간다는 표정으로 고개를 끄덕이는 나 이사.

박 사장도 여기까지는 처음 알았다는 듯이 갑자기 상기
된 얼굴을 보여주었다.

심지어 종섭 역시 눈빛을 반짝였다.

지난번 민호가 그에게 제약 회사이야기를 한 적이 있었
다.

요직으로 추천한다는 그 말에 혹할 수밖에 없었다.

다만….

"한가지 문제가 있는데…."

종섭은 살짝 우려된다는 표정으로 민호에게 말했다.

그러자 민호가 눈에 호기심을 담았다.

"뭡니까?"

"저번에… 성혜 제약의 최민식을 만났다고 했잖아. 그때
민식이가 말하더라고. 회사에 사표 내겠다고."

"그럼 더 잘된 거 아닙니까. 합작법인이 나오기 전에 아
예 그를 스카우트해서 우리 쪽 핵심 연구원으로 박아넣는
다면, 더 유리했을 텐데… 왜 스카우트가 안 된 거죠?"

"당연히 말했지. 글로벌로 건너오라고. 그런데… 우리
회사로도 오지 않겠다고 해서…."

"그럼….."

"나도 거기까지밖엔 몰라."

민호의 표정이 심각해졌다.

반면 그의 표정을 살피던 다른 사람들은 고개를 갸우뚱거렸고.

역시나 나준영 이사가 다시 한 번 물었다.

"뭐가 문제지? 고작 연구원 하난데?"

"그 연구원이 핵심기술을 알고 있는 사람이기 때문입니다."

갑자기 합작해야 하는 의미 하나가 퇴색되는 느낌이었다.

글로벌의 특허와 성혜의 기술이 만나 합작회사가 탄생하는 것이다.

그런데 핵심 기술이 없다면?

손해는 당연히 양사가 보지만, 더 깊이 들여다보자면 특허만 내준 글로벌이 완전히 밑지는 장사였다.

회의를 잠시 중지하고 민호는 성혜 그룹의 이용근에게 전화할 수밖에 없었다.

"접니다. 김민호. 혹시 회장님께 들으셨습니까? 합작 법인에 대해서."

(네, 들었습니다.)

확실히 일인 독재가 지배하는 구조에서 수직적인 전달이 빠르다고 생각한 민호.

하지만 아래로 내려가는 전달 말고 위로 올라가는 전달
이라면?

"문제가 하나 있습니다. 그쪽에 최민식 연구원이 사표를
냈다고 들었습니다."

(…….)

역시 모르고 있었다.

자신에게 속마음을 들키지 않기 위해서 잠시 말을 멈춘
뒤에,

(해결되었습니다. 그 부분은 걱정하지 않으셔도 됩니다.)

라고 말했지만, 이미 민호는 다 눈치챘다.

그래서 재빨리 하는 말.

"어차피 우리 한 번은 만나야 하지 않습니까?"

(네. 그렇죠.)

"그럼 다음에 미팅할 때, 그 연구원도 동석하는 게 어떨
까요?

(…….)

이번에도 확답을 피하는 이용근.

그러다가 한 박자 쉬고 바로 민호에게 대답했다.

(일단 회장님과 상의한 후에 연락 드리겠습니다.)

"될 수 있으면 빨리 전달해 주십시오. 하루가 결정이 늦
어지면… 하루만큼 손해 봅니다. 남은 특허 기간은… 아시
다시피 3년이니까요."

전화를 끊은 이용근.

역삼각형 얼굴에 양볼이 요즘 더 홀쭉해졌다.

그만큼 스트레스를 많이 받고 있다는 뜻이었다.

지금도 그랬다.

자신에게 전달되어야 할 게 있고, 스킵해야 할 게 있는
데….

이번 건 확실히 빨리 알아야 했다.

그게 바로 신지석을 찾아간 이유였다.

"최민식이 사표를 냈다면서요?"

"아… 말씀드리려고 했었는데… 그게 그렇게 됐네요."

그렇게 됐다?

이렇게 무책임한 소리가 어디 있는가.

이용근의 동공이 깊이 가라앉았다.

잠시 화를 누르고 나서 다시 그에게 물었다.

"그래서요? 어떻게 해결하시는 중인데요?"

"일단 김명철 과장이랑 대학 동기랍니다. 매우 절친했었
다고… 그래서 오늘 법인 카드 한 장 내줬어요."

"……"

할 말이 없었다.

그렇다면 이렇게 앉아서 기다리고 있을 수밖에 없는 일
아닌가.

짜증이 올라왔다.

그런데 비서실에서 나올 때 막 나가려는 김명철을 발견했다.

"김 과장님."

"안녕하세요.?"

"신 실장에게 이야기 들었습니다. 반드시 회유해야 합니다. 무슨 일이 있더라도…."

"네? 아… 한 번 해보겠습니다."

김명철은 반드시 회유해야 한다고 강조하는 이용근의 말에 살짝 말을 더듬었다.

세상에 '반드시'는 항상 가능한 게 아니다.

아무리 최민식과 절친하다고는 하지만, 다 그의 사정이 있는 것이다.

대충 얼버무리고 나와서 종로의 술집을 찾았다.

내일은 토요일.

불타는 금요일 저녁 종로의 길거리는 발 디딜 틈이 없었다.

여기저기서 울리는 노랫소리에 약속 장소를 다시 확인하는 전화 내용도 그의 귀에 들려왔다.

그리고….

〈맛있는 고깃집〉

최민식과 종섭이와 예전에 자주 다니던 고깃집.

종로에 현대식 가게들이 새로 들어오는 와중에도 꿋꿋이

자리하고 있는 이곳의 간판이 그의 눈에 들어왔다.

벽에는 '맛없으면 환불!' 이라는 말이 붙어있었는데, 확실히 김명철 기준으로는 절대 환불할 필요가 없는 곳이었다.

드르르르륵.

요즘에 없는 미닫이문을 열자, 이미 나와서 자리를 차지하고 있는 최민식이 눈에 띄었다.

휘적휘적 걸으면서 그 앞에 앉았다.

자신이 앉자 무언가 깊은 생각에 빠져 있던 최민식이 고개를 들었다.

늘 그렇지만 수염을 잘 깎지 않아서 그의 턱에는 잔털이 자라있었다.

김명철은 알았다.

수염 깎을 마음의 여유조차 그에게 없다는 것을.

그에게 여유를 주는 건 그래서 일종의 배려였다.

"잘 지냈냐, 새꺄!"

"어쭈구리? 형님 봤으면, 공손히 인사해야 할 거 아냐, 새꺄?"

자신의 말에 장난치는 최민식을 보며 그는 웃었다.

술과 고기를 주문한 후 일상의 이야기를 위해서 이렇게 장난을 치는 게 훨씬 나았다.

왜냐하면, 최민식에게는 힘든 가정사가 있었기 때문에, 밝은 분위기에서 술자리를 이끌고 가는 게 훨씬 나았다.

문제는 최민식의 표정이다.

삶의 무게를 혼자 다 지고 있는듯한 얼굴로 금세 변해버렸다.

결국은 이야기를 꺼낼 수밖에 없었다.

"어머니는 괜찮으셔?"

"아니."

"더 심해지셨어?"

"응…."

최민식의 어머니는 알츠하이머였다.

꽤 빨리 왔다. 이제 칠십밖에 안 되신 분인데.

사실 최민식이 신약 개발에 절박했던 이유가 바로 그것 때문이다.

어머니의 쾌유.

언젠가 고치겠다는 다짐.

온종일 그것만 생각하고 있다는 걸 김명철은 잘 알고 있었다.

그런 그를 향해서 다른 화제를 꺼내야 한다는 게 살짝 마음에 걸렸다.

그래도 해야 하는 일.

고기 몇 점에 소주 몇 잔이 들어가자 바로 본론을 꺼내기 시작했다.

"사표 냈다면서."

"응."

"이유… 물어봐도 되냐?"

"여기서는 약 개발이 힘드니까."

역시 짐작했던 바였다.

그렇다면 최민식을 회유하기 위해서는 약을 개발해준다고 약속해야 하는데….

김명철은 속으로 고개를 저었다.

책임질 수 없는 약속이라고 생각했다.

그와 친하기 때문에 더더욱 그 약속을 하면 안 된다고 생각했다.

'죄송합니다, 신 실장님. 미안해요, 이 실장님.'

결국, 그는 마음속으로 신지석과 이용근에게 사과할 수밖에 없었다.

최민식을 회유하는 일은 실패했다고 생각하면서.

HOLIC : 그의 직장 성공기

170회. 출렁이게 만들다

6월이 거의 지나갔다.

민호가 계획한 두 가지 일 중 첫 번째.

인도네시아 슬럼가 개발 계획은 완벽하게 성공했다.

인도네시아 정부는 이정근의 계획을 거의 수정하지 않고 받아들이고 언론에 발표했다.

경제연구소의 중앙에는 매우 커다란 TV가 달려 있었다.

늘 그곳에는 경제 관련 뉴스를 틀어놓았는데…

- 인도네시아판 신도시 계획이 발표되었습니다. 그런데 총 백만 가구의 어마어마한 숫자로 시작된 이 계획에서 한 국의 글로벌 건설이 중심으로 자리 잡았습니다.

방금 뜬 경제 뉴스를 보며 모두 환호성을 질렀다.

240 **Holic**
그의 직장 성공기 **7**

"오오올레~"

"나이스! 이정근!"

민호의 얼굴에도 웃음이 가득했다.

미리 이정근에게 연락받아서 알고 있었는데도 TV를 보니 또 기뻤다.

뉴스는 계속 흘러나오고 있었는데, 이번에는 글로벌 그룹의 앞에서 한 명의 리포터가 보도했다.

– 글로벌 그룹 계열사들의 주가가 상한가를 달리고 있습니다. 사실 증권가에는 이미 글로벌 건설에서 인도네시아판 신도시 계획을 주도적으로 이끌어나간다는 소문이 퍼져 있었습니다. 인도네시아 정부에서 총 100조 루피아를 투입할 예정….

100조 루피아.

한국 돈으로 약 10조 원이 조금 안 되는 돈이다.

물론 그 돈이 다 글로벌 건설로 들어오는 것은 아닐지라도, 상당 부분이 건설회사의 매출이 될 것이다.

이로써 글로벌 건설은 물론 글로벌 그룹 자체의 매출과 순이익이 대폭 상승할 것이 분명했다.

"건의 사항… 하나 있습니다, 소장님."

그때 민호의 귀에 들리는 목소리가 있었다.

시선을 돌리니 차원목 과장이었다.

이곳으로 발령한 지 이제 열흘이 좀 넘었다.

지금쯤 어느 정도 업무 파악을 할 시기.

그래서 벌써 사업 계획을 건의할 게 남았다는 것일까?

민호의 눈은 그에게 물어보고 있었다.

그런데 그의 답변은 민호 생각과는 완전히 달랐다.

"조금 쉬어갈 때가 된 거 아닌가 해서요. 회식 한 번 했으면 좋겠습니다."

"맞습니다. 목구멍에 때 좀 벗깁시다."

"생각해보니 전체가 회식한 건 한 번도 없었습니다."

틀린 말이 아니었다.

이들이 모두 뭉쳐본 적은 한 번도 없었기에.

그들의 눈에 간절한 염원이 담긴 것만 봐도 알 수 있었다.

"나쁘지 않네요. 제가 쏘겠습니다."

갑작스럽게 진행된 회식에 믿기지 않은 듯 사람들의 눈은 커져만 갔다.

권순빈은 큰 덩치를 흔들면서 이렇게 말했다.

"꽃등심?"

"콜!"

민호가 간결한 대답으로 그의 소망을 들어준다는 듯이 대답했다.

그렇게 시작된 회식.

소주를 곁들인 꽃등심의 가격이 나왔을 때, 민호는 깜짝 놀랐다.

무려 100만 원이 넘어갔다.

자신까지 포함해서 불과 여덟 명이 먹은 결과였다.

법인 카드를 사용해서 다행이었다.

그런데 지갑을 열어보니 아뿔싸!

법인 카드는 이틀 전 소장용으로 새롭게 나온다며 재무팀에서 회수해갔다.

다른 기억력은 탁월한데, 왜 이런 건 아닐까?

놀라고 있는 그의 귀에 권순빈이 또 한마디 했다.

"2차는 양주?"

"네?"

"카페 휴(休) 있잖아요. 쏘신 김에 시원하게 쏘시죠. 오랜만에 희재 누님도 뵐 겸."

"그…럴…까요?"

내키지 않았지만, 어쩔 수 없었다.

이게 조직의 사기를 북돋기 위해서는 배포를 크게 가져야 한다고 자위하면서.

찌직…찍찍찍….

100만 원이 넘는 액수를 카드로 긁는 소리가 마치 천둥처럼 들려왔다.

고깃집에서 나왔을 때, 일행은 벌써 택시를 탔다.

강성희가 자신을 기다린다고 남아있었다.

"오늘 오라버니 화끈하시네요."

"아… 뭐…."

"자, 빨리 가요. 제가 사실 노래 하나는 끝내주게 부르거든요?"

룸살롱까지 합류하려고 하는가.

보통 여자들은 여기서 빠지던데, 강성희에게는 씨알도 안 먹히는 이야기였다.

심지어 송초화도 들어왔다.

카페 휴(休)가 순식간에 정체성을 잃는 순간이 되었다.

민호는 살짝 정신이 없었다.

100만 원이 넘는 액수를 카드로 긁을 때부터 사실 그의 멘탈은 안드로메다로 출발하기 시작했다.

그래서 사람들이 노래를 부르고 양주를 퍼마시는 걸 보고도 아무 말 없이 지켜보기만 했다.

또한, 어느 순간 민호 역시 넥타이를 머리에 메고 노래까지 부르고 있었다.

술에 취한 건 아니지만, 분위기에 완전히 취해버렸다.

사실 별로 먹지도 않았다.

머릿속에 100만 원 카드 긁는 소리가 계속 진동하고 있었기에 쉽게 양주가 자신의 입으로 들어가지 않았다.

순식간에 희재가 내준 1번 룸은 초토화되고….

자정을 넘기는 순간 사람들은 모두 지쳐서 쓰러지고 말았다.

물론 그들은 민호와는 다르게 술에 꽐라가 된 사람들이었다.

그런데 그때였다.

민호의 눈에 벌떡 일어나는 송초화가 보였다.

그녀 역시 많은 술을 먹어서 현재 정신이 나가 있는 상황.

뚜벅… 휘청… 뚜벅… 휘청…

하더니 갑자기 강성희의 곁으로 다가갔다.

그리고…

"언니…."

라고 말하며 강성희의 얼굴에 입술을 가져다 대는 게 민호의 시야에 들어왔다.

붉은 입술을 벌리고….

분홍색 혀가 송초화의 입에서 살짝 나왔을 때….

시선을 돌리려고 했지만, 눈을 감아보려고 노력했지만…

민호는 마치 자석처럼 그 장면을 고스란히 보고 말았다.

모든 남자가 자신처럼 그녀의 행동을 말리지 못했을 거라고 자위하면서.

⚜

다음 날 아침.

숙취에 찌든 경제연구소 구성원들의 치열한 업무가 재개되었다.

가장 먼저 강태학이 민호의 방문을 두드리며 보고서를 올렸다.

"인도네시아 신도시 프로젝트의 자재 공급 부분입니다."

민호의 눈에 인도네시아의 많은 회사가 들어왔다.

현지의 건물을 짓기 위해서는 현지에서 자재를 공급해야
한다.

이 보고서 한 장을 만들기 위해 이정근과 의사소통하며
많은 밤을 지새웠을 것이다.

"고생 많이 하셨네요. 그런데 굳이 여기까지는 우리가
할 필요는 없습니다."

"네?"

"이게 습관의 부분인데… 경제연구의 정체성은 사업을
계획하고 넘기는 데까지입니다. 그 이후 사업 추진과 마무
리는 계열사에서 해야죠."

"그… 그래도….."

"어쨌든 고생하셨으니, 이 자료는 글로벌 건설 쪽과 이
야기해서 사용하도록 하겠습니다."

충분히 납득했다는 눈빛으로 나가는 강태학.

그 뒤에 기다렸다는 듯이 강성희가 들어왔다.

꽤 상기된 표정으로 들어온 그녀.

반면 그녀를 보자 갑자기 어젯밤이 생각이 난 민호는 자
신도 모르게 그만 웃고 말았다.

"왜 웃으세요?"

그녀는 바로 반응했다.

기분 나쁘다는 표정은 아니었지만, 민호가 그녀의 얼굴을
보고 웃었으니 자신과 관련이 있다는 걸 눈치챈 모양이다.

"아… 아닙니다. 갑자기 어젯밤 생각이 나서."

"어젯밤에 왜요? 혹시 제가 뭐 실수했나요? 오랜만에 필름 끊겨서 아무것도 생각이 안 나요."

울 것 같은 표정으로 말하는 강성희.

그런 그녀를 보면서 민호는 그답지 않게 손사래를 저었다.

"절대 실수하지 않으셨어요. 강 대리는 어제 조용히 잠만 잤습니다."

더 깊이 들어가면 좋지 않은 결과가 일어난다.

그냥 자기만 안 채로, 평생 비밀에 붙여두리라.

그런 생각을 하면서 민호는 그녀가 온 용건을 물었다.

"그런데 무슨 일입니까?"

"아, 맞다. 최민식 말이에요. 결국… 회사를 그만뒀습니다."

불안 불안했지만, 실제로 그가 그만두었다는 이야기를 듣자 민호의 동공이 흔들렸다.

계획한 것이 실패했다는 것은 머리를 쓰는 사람에게는 큰 타격으로 올 수 있었다.

그는 그것을 인정하기 싫다는 듯이 입을 잠시 떼었다.

"스위스의… 모슈입니까?"

"네. 일주일 안에요. 아직 결혼하지 않은 상태라서 더 일이 빠르게 진행되고 있어요."

고개를 끄덕였지만, 단지 그뿐이었다.

지금으로서는 민호가 할 수 있는 일은 별로 없었다.

그는 자신의 회사 직원도 아니었기에 더 한계가 있는 상황이었다.

이럴 줄 알고 이용근을 닦달했는데, 결국은 실패했다니, 이제 합작 법인을 전면 검토해야 한단 말인가?

그럴 수 없다.

절대 그럴 순 없었다.

자신이 포기하자마자 종로 큰손도 마찬가지로 손을 놓을 것만 같았다.

그때였다.

종로 큰손이 머릿속에 떠오른 순간 민호는 벌떡 일어섰다.

갑작스러운 그의 행동에 지금까지 가만히 있었던 강성희가 그를 바라봤다.

"무슨 좋은 방법이라도…."

"네. 있습니다."

방법이 있단다.

갑자기 그를 붙잡는 방법을 찾았다는 말에 확신이 담겨 있는 것으로 봐서 거의 확실했다.

강성희가 본 민호는 한 말은 반드시 지키는 사람이었으니까.

그래서 물었다.

"그게 뭐죠?"

호기심에 그녀가 물었을 때, 벌써 옷을 챙겨 입고 문까지 나간 민호는 이 말을 남기고 떠났다.

"직접 그를 만나는 것입니다."

나가면서 계속 종로 큰손이 그의 머리에 영상으로 떠올랐다.

지난번에 그를 찾아갔을 때 한 말.

결정적일 때 자신에게 떠올랐다.

– 반드시 출렁거리게 해라. 직접 움직여서 그대로 흘러가지 않도록! 그러면 가끔 네가 원하는 대로 일이 풀릴 거야.

원래부터도 가만히 앉아서 보고만 받는 것은 자신의 스타일이 아니다.

성공하든 실패하든 직접 몸으로 부딪히는 게 훨씬 좋은 방법이라는 걸 알고 있었지만, 지금 더 확실히 느꼈다.

바로 지금이다!

잔잔하고 밋밋한 것을 크게 출렁이도록 만들기 위해서 드디어 차에 시동을 걸었다.

일단은 전화부터.

(여보세요?)

"김민홉니다. 만나고 싶습니다."

(네? 김민호가 누구….)

"글로벌 그룹 경제연구소장입니다. 최민식 씨가 원하는 걸 줄 수 있는 사람이죠."

(…….)

"이미 차에 시동을 걸었습니다. 성혜에서 퇴직한 거 알고 있으니까 주소만 말씀해주십시오. 네비 찍고 바로 출발하겠습니다."

(아… 저….)

생각할 시간을 주지 않겠다.

먼저 공격하고 수습은 나중에 하리라.

그리고 민호의 지금 공격은 바로 주효했다.

(어디시죠? 제가 가겠습니다.)

결국, 입가에 만족한 미소를 짓는 민호.

차에 건 시동도 끄고 말았다.

글로벌 본사 13층으로 그를 오도록 만드는 데 끝끝내 성공했다.

이것은 민호가 그의 성격을 미루어 짐작했기 때문이다.

사표를 낼 거라는 이야기를 종섭에게 한 후 꽤 오래 회사에 계속 나갔다는 의미는 우유부단하다는 증거.

예전 재권을 옆에서 지켜본 민호는 혹시 최민식의 성격이 그와 비슷하지는 않을까 찔러본 셈이었다.

역시나 맞았다.

지금도 단칼에 거절했으면 그만인데, 굳이 민호를 만나러 오려고 한다.

아마도 조건을 들어보려고 마음먹은 것 같았다.

그렇다면 그가 오기 전에 민호가 할 일은 그에 대해서 더 파악해 두는 것이었다.

6층에 올라갔다.

종섭을 만나기 위해서.

예전에 절친이었다고 들었으니, 뭔가 더 알아낼 수 있을 거라 여겼다.

"응? 걔가 온데? 정말이야?"

"네, 정말입니다. 그러니까… 최민식 씨를 붙잡기 위해서 그가 원하는 걸 찾아야 합니다. 뭘 좋아합니까? 회사에서의 지위? 돈? 명예?"

"꿈과 현실의 접목."

"……."

"만나보면 알겠지만… 걔는 정말 이상적이야. 한 번 들어보고… 판단은 네가 내려."

종섭은 그렇게 말하고 뒤돌아섰다.

이번에 민호가 최민식을 회유하면 인정한다고 생각하면서….

홀릭

HOLIC : 그의 직장 성공기

171회. 꿈을 이루도록

최민식이 얼마나 중요한가.

그건 결과물이 나오지 않았기 때문에 알 수가 없었다.

그러나 민호의 손에 들린 보고서 한 장.

최민식이 근래 연구한 결과 하나가 비밀에 묻혀 있다는 정보를 강성희가 가져다준 순간, 그는 예감했다.

이건 분명히 현재 모슈에서 제조하고 공동으로 판매하는 알츠하이머 신약보다 진일보한 결과물일 것이라고.

무엇보다도 최민식의 신상 하나가 민호의 눈에 확실히 띄었다.

– 미혼에 형제자매 없음. 부친은 일찍 돌아가시고, 칠십 노모가 알츠하이머 중증 환자….

그의 어머니가 알츠하이머 중증 환자라는 부분이 좀 더 확대되어 민호의 눈에 들어왔다.

동기부여가 완벽하면, 결과는 예측한 것 이상일 가능성이 높다.

그래서 그는 반드시 최민식을 영입해야 한다고 생각했다.

그랬기에 최민식이 오기 전에 만반의 준비를 갖추었다.

하나부터 열까지….

꽃

가속기를 밟는 힘에 따라 그 사람의 감정 상태가 극명하게 나타나 있었다.

오늘처럼 교통상황이 좋을 경우 또한 그 가속페달을 밟는 감촉은 더더욱 무감각해질 수 있었다.

그러다가 발견한 곳.

〈주식회사 글로벌〉

최민식의 눈에 목적지가 보였다.

앞에서 자신의 차를 살짝 막는 누군가 역시 그의 눈에 띄었다.

끼이익.

신경질적으로 차를 세운 그는 바로 창문을 내리고 한 마디 퍼부으려고 했다.

"최민식 연구원님이시죠?"

"그런데요?"

최민식의 눈에 약간 이채가 생겼다.

발레파킹을 하는 회사의 일개 주차요원이 자신을 알아본
다?

아마 위에서 지시가 있었을 것이다.

그래도 자신의 마음은 요지부동.

"제가 안전하게 주차를 도와드리겠습니다."

"됐으니까 비켜주세요."

"네, 그럼."

자신을 더 귀찮게 하지는 않았다.

나름대로 교육을 잘해놓았다고 생각하는 그는 드디어 지
하주차장에 도착했다.

아직도 상당히 기분이 나쁜 상태였다.

오늘따라 증상이 심해진 자신의 어머니를 간병인에게만
맡기고 나오게 만들었다.

그래서 자신에게 전화한 김민호라는 인간을 만나기만 하
면 한바탕 퍼붓고 싶었다.

끼이이익!

마음이 흥분된 상태라서 주차를 곱게 할 리가 없었다.

대충 주차하고….

쾅! 소리가 나게 차 문을 닫았다.

그러고 나서 엘리베이터에 다가가 버튼을 눌렀다.

"젠장… 겁나 느리네."

13층에 있던 엘리베이터가 내려오는 속도가 짜증이 났다.

중간중간에 멈출 때마다 그의 손은 버튼을 계속 누르고 있었다.

옆에서 본다면 매우 신경질적인 움직임.

엘리베이터가 도착하자 문이 다 열리지도 않았는데 몸을 실은 것만 봐도 그의 성질을 보여주는 장면이었다.

－ 13층입니다.

엘리베이터 안에서 나는 소리도 짜증 났다.

당연히 반응도 신경질적일 수밖에 없었다.

"그래, 알아. 13층."

－ 문이 열립니다.

"빨리 열어. 그놈 낯짝을 보고 싶으니까…."

어차피 글로벌은 생각도 안 하던 회사.

자신의 목표를 이룰 수 없는 곳이라 생각했으니, 막 나가도 상관없었다.

쉬익.

문이 열리고….

"어서 오십시오!"

"환영합니다, 최민식 연구원님!"

두 명의 여사원이 자신을 향해 인사했다.

"……?"

순간적으로 '뭐지?' 라는 생각을 했다.

약 45도로 굽힌 그들의 인사에 살짝 호감이 일었기 때문에.

약간 대조적인 옷차림의 그녀들.

심지어 생김새마저도 그랬다.

한 명은 단아했고, 다른 하나는 개성이 넘쳤다.

공통점은 자신을 향해 웃고 있다는 것.

자고로 웃는 낯에 침 못 뱉는다고 했고, 미혼 남성이 예쁜 여자들에게는 냉정할 수 없다고 했다.

그럼에도 불구하고 최민식은 곧 마음을 굳게 먹고 그들에게 말했다.

"여기가 김민호 씨가 있는 곳입니까?"

"그렇습니다. 소장님이 안에서 기다리고 계십니다."

"알겠습니다."

최민식은 곧바로 그들을 무시하고 앞으로 성큼성큼 나아갔다.

그 걸음걸이만 봐도 충분히 그의 마음을 표시하고 있는 것만 같았다.

그래서 강성희가 송초화에게 살짝 속삭였다.

(쉽지는 않을 거 같아요.)

(그러게요. 하지만… 만반의 준비를 하셨으니….)

민호가 준비한 만반의 준비.

이른바 최민식에게 얼마나 회사가 노력을 기울이고 있는지 보여주는 장면들이었다.

발레파킹을 하러 나온 주차요원이 그를 알아보고 친절하게 대했으며, 엘리베이터 앞에서 두 여사원이 고개를 숙이며 좋은 인상을 주려고 노력했다.

당연히 단지 이 정도로 '만반의 준비'라고 말하기는 어려울 듯싶었다.

3차, 4차 공격이 연이어 준비되었고, 그중 하나가 바로!

최민식이 드디어 경제연구소 안에 들어가기 전, 자동문이 열리면서 나온 그의 절친 종섭이었다.

"민식아."

"……."

절친했던 친구였다.

어려울 때, 그에게 많은 도움도 받았다.

종섭을 보자 살짝 마음이 약해졌다.

그에게 화풀이할 수는 없었기 때문에, 잠시 자신을 부르는 목소리에 고개를 끄덕였다.

"잠시만 시간 좀 내줘."

덥썩!

자신의 손을 잡고 화장실까지 데리고 가는 종섭.

머릿속으로 분노의 감정을 희석시키기 위해서 별짓 다 한다고 생각했다.

그러나 그의 손을 뿌리칠 수는 없었다.

왜냐하면, 종섭에게 미안한 일이 있었기 때문이다.

이번 주말 그의 결혼식에 참석할 수가 없었다.

그때 자신은 이미 비행기에 몸을 실은 후일 테니.

그래서 미안함에 그에게 끌려가는 몸에 힘을 싣지는 않았는데, 목소리는 약간 퉁명해졌다.

"뭔데…."

우뚝. 잠시 멈춰선 종섭이가 자신을 바라봤다.

그러면서 진지한 표정으로 말했다.

무슨 말로 자신을 회유하려고 하는 것일까?

"들어가서…."

"……."

"네 소신껏 말해라. 난 네가… 후회하지 않을 결정을 했으면 좋겠다. 알지?"

"……!"

최민식의 눈에서 아까 여사원들을 만난 후 두 번째 이채가 스며들었다.

종섭이 처음 자신을 불렀을 때, 회유하려고 한다고 생각했기 때문이다.

헌데 그 말만 하고 돌아서는 종섭.

세 번째 이채가 생긴 시기는 고개를 갸우뚱거리면서 드디어 경제연구소에 발을 들였을 때였다.

웬 후덕하게 생긴 양반이 자신을 쳐다보면서 웃었다.

"최민식 씨 맞죠?"

"네? 네, 네. 맞습니다."

목소리로 봐서 아까 통화했던 김민호는 분명히 아니었다.

이렇게 나이가 있다고는 절대 생각할 수 없었던 음성이었기에.

"글로벌 그룹의 사장, 박상민입니다."

"……!"

"진심으로 방문해주신 걸 환영합니다."

박상민 사장이 고개를 숙이면서 인사했다.

나이도 나이거니와 직위 자체가 자신이 넘볼 수 있는 위치에 있는 사람이 아니었다.

재빨리 고개를 숙인 최민식.

"아… 아…, 네, 안녕…하십니까."

말을 더듬으면서 그 역시 인사를 할 수밖에 없었다.

솔직히 당황했다.

사장까지 나와서 자신을 반길 줄 상상도 못 했기 때문에.

엉겁결에 고개를 숙인 그의 귀로 박상민 사장의 후덕한 인상만큼이나 푸근한 목소리가 들렸다.

"그럼 좋은 이야기 나누십시오. 전 최민식 씨의 결정을 존중합니다."

"아… 네, 가… 감사합니다."

감사하다고? 뭐가?

스스로 반문해도 대답할 수 없었다.

그러나 잠시만 생각하면 찾아낼 수 있었다.

자신은 지금 이곳에서 대우받고 있었다.

아까 대충 주차하면서 절정에 달했던 분노와 짜증이 엄청나게 희석되었다는 것을 스스로 느꼈다.

그래도 이건 아니다.

여기서 자신의 꿈을 절대 이룰 수는 없었다.

글로벌에는 제약회사도 없지 않은가.

다시 한 번 마음을 굳게 먹는 최민식.

그의 눈에 자신을 향해서 강한 눈빛을 보내고 있는 사람 하나가 보였다.

딱 봐도 그가 김민호라는 것을 알 수 있었다.

왜냐하면, 그 눈 안에 '열정'이 보였기 때문이다.

열정적인 사람은 열정적인 사람을 알아본다.

분야가 다르더라도, 최민식은 신약을 만드는 열정이 있었고, 그래서 늘 그 열정을 쏟아부었다.

지금 민호의 눈에 그게 섞여 있다는 것을 못 알아볼 리가 없었다.

역시나 자신의 예측이 맞았다.

"어서 오십시오, 최민식 연구원님. 저는 김민호라고 합니다."

화룡점정.

목소리에 당당함이 섞여 있었고, 얼굴은 호감형이었다.

마지막으로 그 당당함에 90도로 꺾는 인사는 또 한 번 자신이 대우받고 있다는 느낌이 들기에 충분했다.

"아… 네, 네. 처음 뵙겠습니다."

분노로 시작된 마음이 스르르 녹기 시작했다.

그래서 큰일이라고 생각했다.

⚜

듬성듬성 나 있는 까칠한 턱수염.

잠을 많이 못 잔 듯, 눈이 충혈되어 있었다.

인상은 매우 굳었고, 귀찮다는 빛이 역력했다.

원해서 오지 않았다는 것을 표정으로 보여주었는데, 그나마 민호가 13층에서 계획한 여러 가지 때문에 폭풍 분노는 누그러져 있었다.

그래도 이미 마음의 문이 완전히 닫혀 있었기 때문에 민호가 무슨 말을 한들 먹힐까?

일단 방어자세에 완전히 돌입한 최민식이었다.

조금이라도 방심하면 사방에서 훅 들어온다.

그것을 느꼈기 때문에 마음 단단히 싸 메고 있었다.

그때 민호의 목소리가 훅 들어왔다.

"거두절미하게 말씀드리겠습니다. 글로벌로 오십시오."

잠시 최민식의 충혈된 눈이 민호의 강렬한 눈을 쳐다보았다.

다짜고짜 오라고 한다.

조건도 말하지 않고.

그러나 끌린다. 그래서 자신에게 다짐하듯이 빨리 쉴드를 쳤다.

"집이 좀 시끄러워서 나온 겁니다. 그곳으로 찾아오시면 보여드리고 싶지 않은 게 있어서요."

그가 보여주고 싶지 않은 것.

물론 어머니의 모습이었다.

오늘따라 더 심해졌다.

강병인을 붙이고 이곳으로 왔지만, 마음이 불안한 상태였다.

그런데 거기다 대고 글로벌로 오라니 황당하기만 했다.

더 황당한 건 민호의 입에서 흘러나오는 이상한 이야기였다.

"최민식 씨와 저는 비슷하면서도 다르다고 생각했습니다."

"저에 대해서 아십니까?"

"제가 조사 안 했다고 생각하십니까? 이미 알고 있는 거 아신다고 생각해서 말씀드리는 겁니다."

말장난은 사절이다.

그런데 은근히 민호의 화술에 말려들고 있는 느낌이었다.

그럼에도 불구하고 기분이 나쁘지 않았다.

당연히 호기심이 생길 수밖에 없었다.

어느새 청력을 최대한 발휘해서 민호가 전하는 스토리를 최대한 들으려 하는 자신을 발견했다.

"최민식 씨와 저의 공통점은 꽤 많습니다. 열정을 가지고 있다는 점. 그것으로 많은 것을 이룰 수 있다는 가능성. 그리고… 알츠하이머에 걸린 분을 반드시 치료해야겠다는 의지까지….”

“……!”

마지막 부분에서 최민식의 눈에 힘이 들어갔다.

자신의 어머니가 알츠하이머로 힘들어하고 있다는 것까지 민호가 알고 있었다.

그의 머리에 종섭이 떠올랐다.

'새끼… 이것까지 이야기했네….'

사람마다 보여주기 싫은 게 있었다.

최민식의 경우 정말 친한 사이가 아니면 자신의 어머니에 대한 걸 알리고 싶어 하지 않았다.

아까 민호가 찾아온다는 걸 말린 결정적인 이유.

“저 역시 한 분을 알고 있습니다. 피가 섞이지는 않았지만, 이상하게 마음이 가는 분입니다. 그분한테 약속했습니다. 반드시 알츠하이머를 고쳐드리겠다고. 언젠가 최민식 씨와 함께 뵙고 싶은 그분… 인데… 요즘 만날 때마다 살짝 예전 기억을 잃는 거 같아서 안타깝기만 합니다.”

“좋습니다. 일단 알겠습니다.”

여기서 최민식은 민호의 말을 끊었다.

더 듣고 있다가는 완전히 말려 들어갈 것만 같았다.

단! 한 가지 궁금한 게 있었다.

민호가 이야기한 공통점.

그냥 억지로 맞춘 게 아니라면 최소한 몇 가지는 비슷했다.

그렇다면 차이점은?

어느새 자신의 표정을 보고 눈치챈 것인지 민호가 바로 입을 열었다.

"우리 둘의 차이점은 딱 하납니다. 그것만 말씀드리겠습니다. 바로 저의 위치입니다. 전 지금 글로벌에서 소장입니다. 일 년 반 만에 일에 대한 열정과 부랄 두 쪽만 가지고 이 자리까지 왔습니다. 그래서 자신 있게 말씀드릴 수 있습니다. 열정만 있다면!"

중요한 부분에서 민호가 이야기를 끊었기 때문에 호흡이 잠시 멈춰졌다.

그뿐만 아니다.

자신의 눈이 점점 커지는 것 같았다.

마음이 점점 열리면서 그의 말을 더 듣고 싶었다.

빨리해다오. 제발 빨리!

내가 듣고 싶은 그 이야기를!

그때였다.

민호는 그의 표정을 보며 끊었던 말을 내뱉었다.

"최민식 씨의 꿈을 글로벌에서 이룰 수 있습니다."

"……."

"같이 갑시다. 함께 알츠하이머 신약을 만들어 봅시다."

HOLIC : 그의 직장 성공기

172회. 다른 사람의 성장이 곧 나의 성장이다

최민식은 민호의 이야기를 듣고 나서 확답을 주고 가지
는 않았다.

당시 초점을 쉽게 잡지 못한 동공과 부들거리는 얼굴 살
들이 얼마나 심적으로 흔들렸는지 보여주는 장면이었기 때
문에 민호의 기대가 클 수밖에 없었다.

한편으로는 사람의 마음을 움직이는 게 얼마나 힘든 일
인지 알고 있었기 때문에, 지금으로서는 기다리는 것만 할
수 있었다.

그렇게 하루가 흘렀다.

다음날도 또 그다음 날도 하루종일 그의 연락을 기다렸
지만…

스마트폰은 다른 용도로 다른 사람이 전화를 걸 뿐, 최민식은 따로 연락을 취해주지 않았다.

퇴근 무렵이 되어서야 13층으로 누군가가 올라왔고, 그는 자신에게 이렇게 말했다.

"이번 주말에 그 녀석이 결혼식에 온다는데…."

종섭이었다.

그 말을 전달해주기 매우 싫은 표정이었다.

이제는 민호의 능력을 인정할 수밖에 없는 상황이었기 때문에.

"그럼 저도 그때 보겠군요."

민호가 만면에 미소를 품으며 바로 반응했다.

지난번에 최민식이 종섭의 결혼식에 불참할 거라는 이야기를 들었다.

그날 스위스를 가야 한다는 결정이었고, 그것은 결국 글로벌이든 성혜든 떠난다는 말이었다.

그런데 이제 결과가 바뀐 것이다.

정확히 말하면 완전히 뒤집어졌다.

결국, 지금 이 순간을 민호가 컨트롤 할 수 있는 상황이 되었다.

"그렇다면 이제… 안재현이랑 더 딜을 해봐야겠네요. 핵심 기술 연구원도 우리가 확보했잖아요. 하하하."

"……."

민호가 웃는 모습을 얄밉다는 듯이 쳐다보는 종섭.

그럴 수밖에 없었다.

절친한 친구였던 자신도 이루어내지 못한 일을 그가 해냈다.

확실히 능력이 있다고 수긍할 수밖에 없는 상황.

그것을 인정할 건 인정하되….

"약속은 잊지 않았지?"

받아낼 건 또 받아내야 계산이 맞았다.

어쨌든, 최민식이 자신의 연줄이었고, 최종적으로 자신을 통해 글로벌에 들어온다고 했으니, 민호가 약속했던 것.

바로 제약회사의 임원을 요구해야 했다.

"제약이요? 당연하죠. 이미 사장님께 말씀드렸습니다. 신혼여행 다녀오시고 나면… 아마 바빠지실 겁니다. 합작회사에 전적으로 개입하셔야 하니까요."

그 말에 고개를 끄덕이는 종섭은 일단 자신을 위안했다.

'재주는 곰이 부리고, 열매는 내가 따먹는 거지 뭐….'

민호에게 졌다고 생각하지는 않았다.

예전이나 지금이나 달라진 건 없으니까.

자신의 성공을 위해서 늘 자신에게 아낌없이 베푸는 조력자가 아니던가.

그때….

"다만…."

갑자기 종섭은 '다만'이라는 단어가 세상에서 제일 싫다고 외치고 싶었다.

분명히 그 이후에 나오는 말은 좋은 내용이 아닐 것이다.

하지만 민호는 결국 끝끝내 자신이 원하는 대로 말을 멈추지 않았다.

"이번에 전적으로 이 차장님의 공로가 아닌 걸 인정하실 테니… 이거 하나 정도는 받아들이셔야 합니다. 저번에 약속했던 임원급이 아니라… 부장으로 가시게 될 겁니다. 이 정도가 제 결혼 선물이라고 생각하시면 좋겠네요. 아… 물론 부조도 많이 해드릴 겁니다. 하하하."

여기까지가 재주 부리는 곰, 민호의 마지막 배려였다.

그리고 종섭의 얼굴은 구겨지고 있었다.

그가 뒤돌아섰기에 표정까지 볼 수 없었던 민호.

하지만 떨리는 어깨로 간신히 걸어가는 것을 보며 짐작했다.

지금 자존심이 많이 상했다는 것을.

어쩌면 패배감으로 물들고 있을지도 몰랐다.

한때의 라이벌!

그냥 무력하게 자신의 뒤를 밟으며 고개 숙이는 그의 모습을 보는 건 그다지 유쾌한 일이 아니었다.

그렇다고 그를 도와줄 수는 없었다.

무엇보다도 종섭이 자신의 도움을 바라지 않을 것이다.

최근 느끼는 것 하나.

다른 사람이 성장해야 자신도 성장한다.

그 명제 때문이라도 종섭이 빨리 제 모습을 찾길 바라는 민호였다.

물론 지금은 또 다른 사람과 치열하게 머리 싸움을 해야 하기에 종섭에 대한 생각은 여기까지다.

그 사람이 바로 이용근이었다.

퇴근 후에 만날 약속을 잡았다.

혹시나 이번에도 민호가 쳐들어올까 봐 미리 고려호텔 비즈니스 룸을 알려준 이용근.

민호가 도착했을 때, 벌써부터 기다리고 있었다.

"오래 기다리셨습니까?"

"아뇨, 저도 방금 왔습니다."

그럴 리가 없다고 생각한 민호.

딱 봐도 아까부터 기다린 모습이었다.

하지만 모른 척해줬다.

어차피 현재 스코어 1대0으로 글로벌이 성혜를 이기고 있었다.

처음에는 특허를 가진 쪽과 기술을 가진 쪽의 결합으로 저울추가 한쪽으로 기울어지지 않았는데….

최민식의 확보를 글로벌에서 하는 바람에 민호는 심리적 우위에서 나오는 미소로 그를 바라봤다.

요즘 성혜에서도 정보는 꽤 빠르다.

어떻게 민호가 그를 유혹했는지 알 수는 없지만, 한 가지 는 알았다.

최민식이 글로벌의 제안에 확답했다는 것을.

민호와는 반대로 동공이 살짝 흔들리는 이용근의 눈빛이 바로 그것을 말해주고 있었다.

이로써 합작 법인에 대한 협상은 아마 민호가 주도하고, 이끄는 대로 이루어질 게 확실했다.

바로 지금처럼.

"일단 성혜 제약의 약 제조시설을 당분간 이용해야 할 거 같습니다. 갑자기 공장을 인수한다는 것도, 만든다는 것도 시간이 걸리는 일이니까요."

"……."

함부로 대응하기 힘든 이용근.

이번 싸움에서는 특히 진한 패배감이 온몸을 감쌌다.

⚜

다음날이 되었다.

종섭은 눈을 떴다.

결혼식 전날이다.

이제 공식적인 유부남이 되기 전, 마지막 총각으로서의 자유가 오늘 부여되었다.

물론 할 건 없었다.

오히려 아침부터 울리는 전화벨 소리에 짜증이 났다.

(종섭이니? 누나야.)

큰 누나였다.

아침부터 전화한 이유.

(신혼여행 갔다 와서 처가부터 들르는 거 알지? 근데 그 전에 시댁에 신경을 쓰는 척해야 네 색시 귀염받는다.)

정말 사소한, 시시콜콜한 이야기였다.

늘 이런 큰 누나의 관심이 성가신 종섭.

"알았어… 내가 알아서 할게."

전화 오는 도중에 삑삑 소리가 들렸다.

큰 누나와 통화를 끊고 나니 부재중 전화가 떠 있었다.

동시에 두 통 이상.

둘째 누나, 셋째 누나였다.

그리고 그들의 부재중 전화를 확인하는 순간 화면에 뜬 넷째 누나의 전화.

그는 전원을 꽉 눌렀다.

스마트폰을 꺼버린 것이다.

만사가 귀찮았다.

분명히 다섯째 누나의 전화까지 올 것 같았다.

그림이 그려졌다.

어젯밤 다섯 명의 누나가 함께 앉아서 자신의 결혼에 대해 미주알고주알 수다를 떨고 있는 장면이.

어렸을 때부터 그들의 과한 관심 때문에 진절머리가 나는 상황이다.

그래도 아직 끝판왕이 등장하지 않았는데….

딩동딩동!

"으… 드디어 오셨구나."

드디어 자신을 가장 귀찮게 하는 어머니가 오셨다고 생각하며 침대에서 일어서서 출입문을 열었다.

그런데…

"헉… 사… 사장님!"

문을 열자 나타난 사람은 후덕한 인상의 소유자, 박상민이었다.

그는 자신을 위아래로 쳐다보더니 이렇게 말했다.

"흠… 잠시 이야기 좀 하려고 왔는데, 전화기가 꺼져있어서…."

"아, 네… 죄… 죄송합니다."

뭐가 죄송하다는 말인가?

사실 지난번 그의 딸을 임신시킨 이후 죄송하다는 말이 입에 붙었다.

좀 위축되었다.

그러다 보니 일도 예전처럼 과감하게 추진하지 못했다.

바로 그게 민호에게 뒤처지기 시작한 결정적인 이유라고 생각했는데…

"들어가도 되나?"

생각해보니 장래 장인어른을 계속 밖에다 세워놓는 우를 범하고 말았다.

"아… 네, 네. 들어오십시오. 사장님."

종섭은 재빨리 그를 집으로 들였다.

문제는 집이 엄청나게 난장판이었다는 것.

쓰레기로 발 디딜 틈이 없다는 것을 직접 증명하고 있었다.

"하…하… 곧 여기를 팔 거라서 말입니다. 하… 신혼집이야… 회사 근처에 있잖아요. 사장님이 오신다는 걸 알았다면… 제가 어제 정리했을 텐데… 아, 사실은 오늘 하려고. 어차피 오늘 회사에 안 나가도 되니까…."

되도 않는 변명을 하는 종섭.

현재 당황해서 입에서 나오는 대로 지껄이는 중이었다.

오늘은 회사에 안 나가도 된다.

내일 결혼이라 재권이 자신을 배려해주었다.

사실 하루 전날 따로 결혼 준비할 건 별로 없었다.

오히려 마음의 준비가 더 급했다.

특히 예비 장인에 대한 어려움.

직장의 최고 자리에 앉아 있는 분이 자신의 장인이 되는 기분이란….

"편하게 생각해. 나도 아들 하나 더 생기는 셈 칠 테니까."

박상민 사장은 일단 앉을 수 있는 자리를 찾으면서 그렇게 말했다.

그 모습을 보니 더더욱 그가 어려워졌다.

"여… 여기 앉으십시오. 사장님."

"응. 근데 언제부터 장인어른이라고 부를 텐가?"

그 말을 듣고 종섭의 표정이 살짝 바뀌었다.

언제부터 부르겠는가.

지금이라도 당장 부를 수 있으면 그렇게 부르고 싶었다.

다만 마음처럼 그게 안 되는 게 문제.

종섭은 일단 화제를 돌렸다.

"그런데 어쩐 일로… 여기에…."

"아, 알려줄 게 있어서 말이야. 어제 민호가 네 이야기를 하더라고. 새롭게 합작할 회사에 부장을 추천하던데… 네 의향을 알아보려고 왔어."

"아, 네…."

굳이 그걸 알아보려고 여기에 왔다?

종섭은 속으로 고개를 갸우뚱거렸다.

그러다가 떠오른 생각.

어쩌면 이건 자신을 시험해 보려는 것일지도 모른다고 여겼다.

그의 눈이 빛났다.

"어떻게 생각하실지… 감히 제가 버릇없이 꿈만 크다고 생각하실 수도 있지만… 전 더 높은 곳에 앉고 싶습니다."

"……."

"믿고 선임해주신다면… 잘할 자신 있습니다."

박상민 사장의 눈도 빛났다.

사실 종섭에게 이런 이야기를 듣고 싶었다.

그러나 이 세상에 불로소득은 없다고 생각한 그는 그에
게 물었다.

"얼마나 높은 곳을 원하지?"

"어디까지 주실 수 있습니까?"

순간 박상민 사장은 이 뉘앙스를 어디서 많이 들어봤다
고 생각했다.

민호다. 머릿속에 민호가 떠올랐다.

이런 식으로 배짱 있게 달라고 말하는 사람.

그 사람이 자신의 사위가 된다.

그래서 어디까지 줄 수 있느냐고 자신에게 묻는다면?

"선례가 있어. 민호가 차장에서 소장으로 갔지. 너라고
안 되리라는 법은 없어. 이미 글로벌의 임원들은 한 번 겪
은 일이라 내성이 생겼거든. 다만…."

또 다만이다.

어제 민호에게 '다만'이라는 소리를 들은 후에, 그 말이
제일 싫었는데.

"내가 너를 추천할 수는 없어. 네가 그 자리를 쟁취해야
지."

"네?"

"할 수 있지?"

종섭은 자신을 바라보는 그의 눈을 보았다.

그 안에는 기대가 빛나고 있었다.

그것을 보고 자신 없다고 말할 수 있겠는가.

"네. 할 수 있습니다."

"그래… 알았어. 일단 부장 자리는 홀딩시켜놓을게. 아직 합작 법인이 만들어진 것도 아니고… 시간이 좀 필요하니까… 그때까지 뭔가 하나 큰 걸로… 아마 임원들이 모두 납득할 수 있는 걸로 해와야 할 거야. 알겠지?"

"네, 알겠습니다."

대답하는 목소리에 힘이 들어갔다.

내일부터 정식 사위로 도장을 찍는 종섭.

그를 보는 박상민 사장의 눈빛에 이제야 자랑스러움이 묻어나왔다.

물론 아직은 종섭이 민호에게 안 된다고 생각했다.

여전히 민호가 종섭의 위에 있다는 증거.

종섭의 집을 나와서 주차장에 세워 놓은 차로 들어갔을 때, 놀랍게도 그를 기다리던 민호가 운전대를 잡고 있는 것만 봐도 알 수 있었다.

그는 박상민 사장이 차에 타자마자 싱긋 웃으며 이렇게 말했다.

"자, 오늘은 제가 가자고 하는 곳으로 계속 가는 겁니다. 하하하."

홀리
HOLIC : 그의 직장 성공기

173회. 회장님, 우리 회장님

불타는 금요일이었다.

그러나 아직 밤이 되지 않았다.

단지 그 밤을 향한 기대감을 품고 주중의 마지막을 치열하게 불사르는 직장인들의 분주한 모습이 박상민 사장의 눈에 띄었다.

자신의 젊었을 때의 모습과는 매우 달랐다.

그때는 '놀토'라는 말 자체가 없었으니까.

물론 요즘도 주말 반납하는 사람이 많다고 들었다.

그중 대표적인 사람이 바로 앞에서 운전하고 있었다.

오늘 갑자기 자신을 찾아와서 일일 운전기사가 되겠다고 말한 민호.

그러더니 갑자기 종섭의 집으로 데리고 왔다.

오면서 자신에게 부탁했다.

종섭의 잠재력을 끌어올려 달라고.

자극과 격려로 예전보다 더 업그레이드된 종섭을 만들어 달라고.

"그 녀석… 욕심도 많지. 제일 높은 자리를 달라고 하네…."

"그래요? 역시 이 차장답네요."

"능력을 보여달라고 했어. 아무리 그래도 능력이 없다면…."

"제 생각에는 아마… 이 차장 오늘 회사 안 쉴 거 같아요. 아니 신혼여행 가서도 일할 거 같은데… 사장님 괜찮으시겠습니까? 잘 못하면 따님이 독수공방하실 수도… 하하하."

그 말에 박상민 사장은 쓴웃음을 지었다.

뭐라고 반응할 수 없는 농담 같은 진담이다.

자신 역시 아내와 자식들에게 좋은 남편, 훌륭한 아버지는 아니었다는 생각이 계속 들었기에.

일단 이런 생각이 들 때에는 재빨리 화제 전환하는 게 상책이다.

"이제 회사로 들어가는 건가? 들어가기 전에 식사라도 하지. 어떤가?"

"오늘은 운전기사가 가는 곳으로 가주시기로…."

"응? 특별히 맛집이라도 아는 곳이 있는 거야? 이번엔 또 어디로 가려고?"

"아마 맛있을 겁니다. 호텔음식이니까요. 하하하."

호텔이라고 했다.

실상 박상민 사장은 소탈하기 그지없어, 막걸리와 곱창이 먹고 싶었는데, 역시 요즘 젊은 사람은 다르다고 생각했다.

"호텔이라… 난 오랜만에 자네랑 낮술 하려고 했는데…. 물론 호텔도 와인이 있지만, 왠지 막걸리가 땡겨서…."

"막걸리는 다음에 꼭 같이 먹겠습니다. 이번엔…."

"……."

"사장님의 뜻이 중요합니다. 싫으시면 안 가도 되는데…."

후덕한 인상만큼이나 민호를 좋게 보는 박 사장.

가끔 이렇게 민호가 막 나가도 웃으면서 말했다.

"어딘데? 어딘데, 그렇게 뜸을 들여? 이거 점점 허수아비 사장이 되어가는 기분이야. 허허허."

"그런 말씀을… 제가 사장님을 얼마나 존경하는데요. 더구나…."

"……."

"사장님은 아직 제가 할 수 없는 일을 하실 수 있습니다."

도대체 무슨 말을 하려고 이렇게 분위기를 띄우는 것일까?

박 사장의 얼굴에 물음표가 잔뜩 새겨졌다.

꽤 궁금한 표정으로 박 사장은 민호를 바라봤다.

이윽고 운전하느라 정면만 바라보던 민호가 드디어 박 사장의 의문을 풀어 주었다.

"고려호텔입니다."

"고려호텔…?"

고려호텔에서 식사를 하러 간다?

그리고 거기서 민호가 할 수 없는 일을 자신이 한다는 말.

생각해보니 오늘 기자회견이 있다는 이야기를 들었다.

바로 성혜 그룹과 합작 법인을 발표하는 일.

민호가 나가서 알아서 처리하도록 지난번에 결재했었던 게 머릿속에 떠올랐다.

박 사장의 눈에 계속 '왜?' 라는 물음표가 새겨졌다.

혹시 자신이 가야 할 이유가 생긴 것일까?

"기자들을 불렀습니다. 성혜 그룹과 합작 법인이죠."

"그거… 원래 자네가 하기로 했지 않은가?"

"그랬죠. 그런데… 사장님이 하셔야 더 효과가 있습니다. 아까도 말씀드렸다시피… 아무리 생각해봐도 이건 제가 할 수 있는 일이 아닌 것 같습니다. 아직… 저는 너무 어렵니다."

아직 어리다?

그럴 수도 있었다.

하지만 박상민 사장은 지금 그 말을 믿지 않았다.

분명히 뭔가 있다고 생각했다.

"합작 법인만 발표하면 되는 거야? 또 뭐 있어?"

"헐… 어떻게 아셨습니까? 이제 완전히 제 맘 속에 들어오셨는데요."

"뭔데? 빨리 말해."

"오늘부터… 사장님은…."

"……"

"회장님이 되시는 겁니다. 기자들에게 나눠주는 공식적인 자료에 '회장 박상민'이라는 말을 새겨넣었습니다. 허락만 하신다면, 그걸로 내보내겠습니다."

그 말을 듣고 박상민의 눈이 커졌다.

사장과 회장. 어감이 주는 차이 말고 하는 일은 큰 차이가 없다고 생각했다.

오히려 그 이름값이 부담스러웠다.

언젠가 은퇴할 자리인데, 고작 얼마 있다가 끝낼 거라고 여기니 욕심도 생기지 않았다.

그래서 저번에 글로벌 푸드라는 자회사가 생겼을 때, 많은 임원이 '회장'에 오르라고 말해도 거절했다.

헌데 지금 민호가 설득한다.

다음과 같은 말로.

"회장님은 글로벌의 얼굴이십니다. 남들에게 보이고 들리는 호칭의 격상은 꽤 중요한 것입니다. 사장님이냐, 회장님이냐에 따라서 대중과 다른 기업들이 글로벌을 보는 시각은 완전히 달라질 겁니다."

"음⋯."

"이곳에 오기 전에 박규연 과장과 상의하고 왔습니다. 글로벌의 이미지를 좀 더 빠르게 적극적으로 높이는 방법을. 박 과장이 간단하게 말했습니다. 사장님이 회장님이 되시면 된다고."

"이름 하나 바뀌는 건데⋯ 그게⋯ 과연 득이 될까?"

"최소한 지금은 그럴 수 있습니다. 기자들은 올해 초부터 회장님과 인터뷰하려고 안달이 났었거든요. 매월 상승하는 매출액 자체가 거의 기록적이어서⋯, 그런데 아까 홍보팀의 박규연 대리가 말하기를 회장님한테 몇 번 건의했는데, 들어주시지 않았다고⋯."

"그⋯ 그거야⋯."

별로 하는 일도 없는데, 언론에 자주 등장한다는 게 미안해서 그랬다.

글로벌이 성장하는 과정에서 자신은 보이지 않는 역할에 충실하면 그만이라고 생각했으니까.

그러다가 때가 되면⋯ 때가 되면⋯.

"마치 때가 되면 그냥 덩그러니 글로벌을 두고 가실 것 같은 느낌은 저만 받는 게 아닐 겁니다. 활발하게 언론활동 해주십시오. 보이는 것보다 더 크게 보일수록⋯ 주식시장의 투자도⋯ 국내외의 인지도도 높아지면 지금보다 글로벌은 더 빨리 성장하게 될 겁니다. 그러니까⋯."

이제 반박할 말이 없었다.

그 상황에서 민호가 종지부를 찍었다.

"이제 저희의 회장님이 되어주십시오."

도저히 거절할 수 없었다.

이제 고개를 끄덕이는 수밖에.

룸미러로 그를 보는 민호의 얼굴에 미소가 깃들었다.

박상민 회장의 언론 노출.

사실 그에게 더 말하지 않은 게 있었다.

성장이라는 측면.

회사도 성장하고, 민호도 성장했다.

재권도, 그리고 살짝 주춤했던 종섭도 성장의 발판을 만들었다.

그렇다면 박상민은?

그는 이미 정점에 앉아있다고 생각했기 때문에 내려갈 길만 찾는 것 같았다.

민호는 그걸 보고 다짐했다.

같이 성장해야 한다고.

만약 글로벌의 가장 아래에서부터 가장 높은 곳까지 하루가 다르게 성장한다면, 괄목상대라는 말을 확실히 보여줄 수 있을 것으로 여겼다.

이제 박상민을 스타 회장으로 만들기 위해 드디어 설득했다.

박 회장의 말 한마디로 대중들은 파격을 느끼게 될 것이다.

지금까지 해왔던 박 회장이라면 당연히 그렇게 될 수 있다고 확신한 민호.

그가 운전하는 차가 드디어 기자회견장에 도착했다.

그리고….

태어날 때부터 회장처럼 보였던 게 아닌지….

모든 사람을 자신의 발아래로 두듯이 내려다보는 사람 하나가 그들을 기다리고 있었다.

바로 같이 합작 법인을 발표할 안재현이었다.

⁂

기자회견장에서 민호가 박상민 회장을 대동하고 새로운 합작 법인을 발표할 시기 종섭은 나갈 준비를 마친 후 집을 나섰다.

취이이익.

시동을 거는 소리가 자신의 마음을 대변하는 것 같았다.

내일은 결혼으로 두 번째 인생이 시작되는 날이지만, 오늘은 직장에서 두 번째 도약하는 날이라고 다짐했다.

주어진 하루의 휴식은 바로 반납.

결혼식과 일은 별개의 일이라고 생각한 그의 얼굴에 자신감이 떠올랐다.

성큼성큼성큼.

6층 엘리베이터에서 내려 걸어가는 걸음걸이에도 힘이 실렸다.

'김민호… 고작 네 따위가….'

갑자기 민호의 얼굴이 떠올랐다.

그는 자신이 부리는 곰일 뿐이다.

사실 그동안 일시적으로 부진했었기에 그에게 역전을 당했다.

그리고 그 부진의 원인을 여기에 오기 전에 찾아냈다.

그것은 바로 회사 최고 경영자에게 '인정'을 받지 못했다는 위축된 심리였다.

시작은 박상민 사장의 딸인 영서를 자신이 임신시켰을 때부터.

그때 종섭은 후덕한 인상의 장래 장인어른이 코뿔소로 변하는 모습을 눈앞에서 지켜봤다.

코피까지 흘렸을 때에는 저하된 자신감에 어쩔 줄을 몰랐고….

결정적으로 민호에게 그 장면을 들키고 위로까지 받게 되자, 완벽하게 자존심을 구겼다.

슬럼프의 시작은 바로 그때부터 이루어졌다.

또한, 슬럼프의 끝은 결자해지라는 말처럼 박상민 사장이 다시 찾아오자 눈처럼 녹아버렸다.

이제 그동안 준비해왔던 것을 한 번에 폭발시키는 일만 남았다.

그동안 역전당했던 설움을 일거에 날려버리리라.

그 마음으로 6층 유통본부에 진입하자마자 그는 재권의 업무실에 노크했다.

"들어와요."

종섭이 문을 열고 들어가자 자신을 바라보며 살짝 눈썹 끝을 올리는 재권이 보였다.

나름대로 고마운 사람이었다.

재량껏 자신에게 휴식을 부여해 준 착한 상사.

"쉬시라니까… 어쩐 일로…."

"갑자기 사업계획 하나가 생각나서요. 지금 말씀드려야 할 수 있는 일입니다."

"그래요? 흠… 알겠습니다. 차라리 잘됐네요. 나도 이 과장하고 할 말이 있었어요."

"네?"

"먼저 말씀하세요. 그거 듣고… 제 건 별거 아니라서요."

사소한 걸 가지고 할 말이 있다고 하다니.

그럴 리가 없다고 생각했지만, 일단 먼저 입을 열었다.

"약간 돈이 드는 거지만… 나쁘지는 않을 거 같아서요."

"뭡니까, 그게?"

"글로벌의 이슬람 문화권 확장!"

"……!"

"여기 보고서가 있습니다."

종섭에게 보고서를 받은 재권.

한 번에 몰입되는 내용이었다.

글로벌 마트에서 푸드, 건설이 동시다발적으로 이슬람 문화권에 침투할 수 있었다.

처음부터 끝까지 보았을 때, 그는 생각했다.

이것은 갑자기 떠오른 아이디어가 아니었다.

꽤 오랫동안 준비하고 있었던 듯 보였다.

"이미 인도네시아에서 검증이 끝났습니다. 다른 곳도 통할 수 있습니다."

재권이 거의 다 읽었다고 생각한 종섭이 목소리에 힘을 주었다.

그 말을 듣고 재권은 고개를 끄덕이며 시선을 종섭에게로 옮겼다.

재권의 표정에는 아까 본부장실을 들어오는 종섭과 비슷한 자신감이 새겨져 있었다.

"좀 큰 사업이 되겠네요."

"할 수 없다고 생각하시지는 않은 거죠?"

"전혀요. 성공 가능성이 꽤 높습니다. 다만…."

헉. 또 다만이다.

종섭의 얼굴에 긴장감이 스쳤다.

"이 차장이 국내보다 해외에 더 많이 돌아다녀야 할 것 같아요. 괜찮으시겠습니까?"

"이미 신혼여행이 두바이 쪽이라… 각오하고 있습니다."

민호도 인도네시아에 신혼여행을 가서 일을 추진하고 왔다.

자신이라고 못할쏘냐!

그는 그렇게 생각하며 고개를 끄덕였다.

그때 아까 재권이 할 말이 있다는 게 생각났다.

"아까 하시려고 했던 말씀은…."

"아, 그거요? 신혼여행 갔다 와서 저와 찜질방 한 번 가시죠. 몇 번 가자고 하셨는데… 제가 그때 대답을 못 해드려서."

"정말입니까? 좋습니다. 드디어… 본부장님하고 한 번 가게 되겠군요."

종섭의 눈에 기대와 자신감이 철철 넘쳤다.

드디어 재권에게 자신의 위용을 드러낼 수 있었다.

본부장이라는 위치에 있는 사람에게 한 번 남자의 자신감(?)으로 눌러줘야 심리적인 우위에 설 수 있다고 생각한 종섭.

벌써 찜질방이 그의 머릿속에 그려지고 있었다.

홀릭

HOLIC : 그의 직장 성공기

174회. 승자독식

　같은 시간 고려호텔의 기자회견장에서는 글로벌과 성혜
의 제약 합작 법인 발표가 이루어지고 있었다.

　많은 기자가 자리한 이유는 이 두 그룹의 특수한 관계 때
문이었다.

　원래 한 가지라고 볼 수 있는 글로벌과 성혜.

　그러다가 창업주가 고인이 되면서 찢어졌는데, 다시 합
작 법인을 만든다?

　충분히 호기심을 동하게 했으니, 기자들의 관심은 지대
한 것이었다.

　따라서 경제면을 다루는 기자들뿐만 아니라, 사회면이나
심지어 여성잡지의 기자까지 들어와 있었다.

회견장의 가장 앞쪽에 긴 테이블이 가로로 놓여 있었고, 네 자리의 중앙에는 안재현과 박상민이 자리했다.

안재현의 왼쪽에는 성혜 제약의 대표가 앉았고, 박상민의 오른쪽에는 민호가 앉아 있었다.

질문은 대체로 합작 법인의 목적에 관한 것이었다.

성혜 쪽에서의 대답은 대부분 안재현이 하지 않았다.

반대로 글로벌은 오늘 사장에서 회장이라고 '칭호'를 받은 박상민이 했다.

"아직 발표할 단계가 아니라서, 말씀드릴 수는 없습니다. 다만 이거 하나. 아마 양쪽의 기술이 합쳐져서 조만간 엄청난 신약 발표가 이 자리에서 이루어지게 될 것입니다."

민호는 자신만만하게 말하는 박상민 회장을 보면서 얼굴에 흐뭇한 미소를 지었다.

자리를 깔아주면 못 할 사람이 아니었다.

그동안 자제만 했을 뿐이었다.

"어떤 종류의 신약입니까?"

"신약의 종류만이라도 알려주셔도 되지 않습니까?"

"혹시 성 기능 개선제 같은 거 아닙니까?"

"하하하하…."

마지막에 질문한 한 기자의 목소리에 좌중이 폭소했다.

하도 숨기고 있으니 답답해서 내뱉은 말인 것 같았다.

민호 역시 웃음을 참지 못했다.

그때 한 여기자가 손에 들린 카메라가 눈에 보였다.

카메라의 방향만 봐도 분명히 자신을 겨냥하고 있다는 느낌?

이건 착각이 아닐 것이다.

만약 진행자의 말이 아니었다면, 계속 그 여자를 주시했을 텐데, 진행자는 부드럽게 이 분위기를 수습했다.

"늘 느끼는 건데⋯ 기자분들은 가끔 동심의 세계로 자주 돌아가십니다. 아까 분명히 손을 들고 한 명씩 질문해달라고 했는데, 저런⋯ 발언을 자꾸 하시면, 이상한 루머가 날 확률이 높습니다. 특히, 여기 여성 기자분들이 꽤 많으신데⋯."

그때 그가 언급한 여성 기자 하나가 손을 번쩍 들었다.

민호는 그 여기자가 조금 전 자신의 사진을 계속 찍었던 사람이라는 걸 알고 있었다.

여자 치고 키가 꽤 컸다.

덩치도 있었고.

그래서 그런지 지금 힘차게 들어 올린 손에 도전적인 모습조차 보였다.

아직도 마이크를 잡고 있었던 박상민 회장의 눈길 또한 한 번에 사로잡았는지, 박 회장은 곧바로 웃으며 그녀를 지목했다.

"감사합니다. 저는 〈레이디스 메거진〉의 조희경 기자라고 합니다."

"⋯⋯?"

"⋯⋯?"

그녀의 소개를 듣고 테이블에 앉아있는 네 명의 눈에 물음표가 그려졌다.

레이디스 메거진이란 잡지는 이들에게 매우 생소했던 것이다.

특히, 박상민 사장은 그녀를 보며 의문에 빠졌다.

사실 아까 성 기능 개선제라는 말이 나와서 혹시나 여성에게 불쾌감을 주지 않을까 배려한 것이었는데….

"아, 네. 제가 기억력이 좋지 못해서… 하하하. 그 잡지 이름을 어디서 들어보기는 했는데…."

"아, 못 들어보셨을 수도 있습니다. 〈레이디스 메거진〉은 20대 여성이 가장 많이 구독하는 패션 중심 잡지거든요."

패션 중심 잡지?

더욱더 눈에 새겨진 물음표가 진해졌다.

오늘 참석한 기자 중에 가장 뜬금없는 사람이라고 생각했기 때문이다.

"그런데… 전 사실 박상민 회장님 말고 김민호 소장님께 질문할 게 있는데… 괜찮을까요?"

박상민 회장은 바로 민호를 바라봤다.

솔직히 그녀가 자신에게 뭘 물어볼지 몰라 고민했었는데, 잘 됐다 싶었다.

반면 민호의 표정은 살짝 굳었다.

이제야 〈레이디스 메거진〉이라는 곳이 기억났다.

그 잡지사는 바로 몇 차례 자신에게 인터뷰 요청을 했던 곳이었다.

무슨 질문을 하려고 인터뷰 요청을 했는지 모르겠지만, 당시에는 귀찮기만 했다.

회사를 위해서 나가달라고 홍보팀 박규현 과장이 부탁했는데도 단칼에 거절한 이유가 바로 그 귀찮음 때문이었다.

그러나 이제 이렇게 마주하게 되니 발을 뺄 수는 없었다.

"말씀하십시오."

"감사합니다. 다름이 아니라 이 자리를 빌려서 인터뷰 요청을 하려고 합니다. 그동안 계속 매몰차게 거절하셔서 만나뵐 방법이 없었는데, 오늘 여기서 기자회견을 한다는 걸 듣고 이렇게 온 거거든요."

"죄송하지만, 제가 바빠서 그 인터뷰 요청은 오늘도 거절해야 할 것 같습니다."

잘라야 할 때는 단호 해야 했다.

그런데 박상민 사장이 자신의 옆에서 귓가에 대고 속삭였다.

(기자들은 올해 초부터 나와 인터뷰하려고 안달이 났었다며. 그런데 난 들어주지 않았고.)

"……"

(그런데 오늘 누가 나한테 이런 말을 하더라고. 활발하게 언론활동 해주십시오. 보이는 것보다 더 크게 보일수록! 주식시장의 투자도! 국내외의 인지도도 높아지면 지금보다 글로벌은 더 빨리 성장하게 될 겁니다.)

민호는 쓴웃음을 지었다.

박상민 회장이 속삭이는 소리는 바로 자신이 한 말이었기 때문이다.

결국, 그는 〈레이디스 메거진〉의 조희경 기자에게 약속할 수밖에 없었다.

"그러나 좀 한가 하게 되면… 약속드리죠. 제일 먼저 연락드리겠습니다."

"그럼 박상민 회장님께 부탁해야겠네요. 〈레이디스 메거진〉의 기자로서가 아니라, 김민호 팬카페의 회장으로서… 김민호 소장 일 좀 줄여주세요."

이번에는 민호도 어리둥절했다.

팬카페의 회장이라니?

그런 곳이 있었단 말인가?

자신이 연예인도 아니고, 참… 가지가지 한다고 생각했다.

반면, 〈레이디스 메거진〉의 조희경에게는 천재일우의 기회를 잡은 상황.

그녀는 이제 오늘의 용건이 모두 끝났다고 생각하며 그대로 뒤로 빠져나갔다.

기자회견장을 나가자마자 한 일은 그녀의 하루 중 가장 신나는 일, 바로 민호의 사진을 카페에다가 올리는 것이었다.

특히, 오늘은 꽤 많은 민호의 사진도 찍었고, 그와의 에피소드도 많았다.

이것은 올릴 이야기가 많다는 뜻이었다.

그녀가 처음 민호를 본 장소는 지하철이었다.

그러다가 민호가 L&S 무역상사에 근무한다는 걸 친구인 박규연에게 알게 되었다.

그 이후 민호의 팬이 되어 자신의 블로그를 만들었는데, 그 제목이 바로,

〈나의 민느님.〉

이었다.

작은 블로그는 들르는 사람들이 점점 많아지면서, 일종의 동료애가 싹 트게 되었고, 어느새 파워 블로거가 되어 있었다.

그리고 그들과 온라인에서 의사소통하면서 드디어 카페를 만든 게 바로 올해.

100% 여자회원이 가입한 네이보 대표 카페로 지난 4월에 등극하게 되었다.

하지만 그녀와 카페 사람들에게 청천벽력과 같은 사건이 일어났으니….

석 달 전 민호의 결혼식은 카페의 게시글이 온통 눈물바다로 장식된 사건이었으며, 어쩌면 카페의 존립 자체가 어려울지도 모른다고 생각했었는데….

뜻밖에 회원들의 '민느님'에 대한 신심은 매우 견고했다.

그래서 죽을 때까지 그의 팬으로 남겠다는 그들에게

자신의 직업을 이용해서 인터뷰를 반드시 성사시키겠다는 일념으로 여기에 왔다.

이제 인터뷰를 따내는데 성공했으니 이 소식을 빨리 전달할 필요가 있었던 조희경.

민호의 사진과 함께 오늘 있었던 에피소드를 빠르게 업로드했다.

그리고 잠시 후.

올린 지 1분도 되지 않아 달리는 수많은 댓글.

– 드디어, 나의 민느님이, 어쩜, 오늘도 저렇게 멋지지?

– 인터뷰는 어디서 하는 거예요?

– 난독인가? 저 위에 다시 읽어 보삼. 민느님이 인터뷰 약속만 했지, 구체적인 것은 윤허하지 않았다고….

– 맘이 급해서 그런 듯. 그런데 나도 무지 궁금함.

⚜

한편, 〈레이디스 메거진〉의 기습 인터뷰 따기 작전도 성공으로 돌아가고, 기자회견도 끝이 났다.

남은 건 이 호텔 비즈니스 룸에서의 회동이었다.

당연히 안재현과 박상민이 주가 되었고, 민호 역시 참석하였으며, 아까 자리에 없었던 이용근이 등장했다.

사실 합작 법인 발표는 쇼 비즈니스였다.

세부적인 조율이 아직 많이 남아있었다.

양쪽이 현재 침묵하는 이유는 그 세부적인 조율을 위해서 자신들이 작성해 온 요구조건을 읽느라고 시간을 보냈기 때문이다.

물론 가장 빨리 읽은 사람은 민호였다.

"이 조건은 받아들일 수 없습니다."

이용근은 자신이 보던 보고서에서 잠시 눈을 떼고 민호에게 시선을 던졌다.

벌써 그 보고서를 읽다니, 믿을 수가 없었다.

일단 확인 사살에 들어갔다.

"어떤 점이 맘에 들지 않습니까?"

"거의 모두."

"제대로 읽어보신 것 맞나요?"

"지금 제가 읽은 걸 확인해보고 싶으신 거군요. 좋습니다. 그럼 하나하나 왜 제가 맘에 안 드는지 말씀해드리겠습니다."

"됐어!"

그때 안재현이 낮지만, 카리스마 있는 목소리로 둘 사이에 끼어들었다.

모든 사람을 집중시키는 능력은 탁월하다 못해 경이적이었다.

민호도 안재현의 이 점은 인정할 수밖에 없었다.

그런데 그가 지금 이용근에게 하는 지시를 듣고 깜짝 놀랐다.

"원하는 대로 바꿔줘."

"회…회장님…."

"이번에는 우리가 맞춰줘야 해. 이런 일에 시간 끌고 싶지 않아. 목표만 보라고. 합작 법인에서 신약이 나오고 그 이익금을 절반으로 나눌 수 있는 목표."

최근 며칠.

합작을 앞두고 기선제압에 실패한 것은 안재현이나 이용근이나 모두 알고 있었다.

밀릴 땐 흐름에 따른다.

그게 안재현의 방식이라는 걸 느낀 민호.

결정적으로 최민식이 성혜에서 이탈했다.

그리고 그가 이동한 곳은 스위스의 모슈가 아닌 글로벌.

그렇다면 이제 절대적으로 글로벌이 주도권을 가진 상황이다.

솔직히 글로벌에서 제약 회사 하나를 인수해서 특허를 사용한다 해도 이상하지 않을지 언데, 괜히 까다로운 조항으로 상대의 모험심을 시험하지 않는 게 좋다고 판단한 것 같았다.

아니면 저번에도 느꼈지만, 희한하게 안재현은 자신에게만 호의를 베푼다는 것.

혹시 이번에도 그런 것일까?

라고 생각한 민호의 귀에 안재현의 목소리가 들렸다.

"단! 이거 하나만 넣자, 민호야."

앞에 앉은 박상민 회장을 꿔다 놓은 보릿자루로 만들 셈인가.

여태 그와는 한마디도 하지 않고 자신에게만 시선을 주고, 자신만 부르는 안재현에게 민호가 재빨리 말했다.

"저 말고 회장님께 제안하셔야죠."

"좋아."

고개를 끄덕이면서 안재현이 박상민 회장을 보았다.

그리고 서서히 입을 뗐다.

"여기에 기간을 넣었으면 좋겠어요. 3년으로."

"흠. 그렇다면… 3년 후에는 찢어지자는 건가?"

"그럴 리가요. 당연히 한 쪽이 다 먹는 걸로 해야죠. 안 그렇습니까?"

그의 자신감 있는 뱀눈이 번뜩였다.

적당히 교활하고, 적당히 압도적인 그 눈빛에 박상민 사장은 고개를 끄덕이며 힘 있게 말했다.

"그렇게 하지."

뒤에서 그 말을 듣는 민호.

조금 전까지만 해도 안재현이 호의를 베푸는 이유에 대해 생각했는데….

역시 그럴 리가 없었다.

안재현은 승자독식을 꿈꾸고 있었다.

환영하는 바였다.

안재현을 보면서 민호의 얼굴에 자신감이 감돌았다.

그 표정은 마치,

'그건 내가 넣고 싶은 조항이었어.'

라고 말하는 것처럼 보였다.

같이 또 따로.

위태로운 '적'과의 동침이 묘한 긴장감을 가져다주고 있
었다.

홀릭

HOLIC : 그의 직장 성공기

175회. 나의 민느님

종섭의 결혼식.

많은 사람이 찾아왔다.

종섭의 인맥도 넓었지만, 박상민 회장의 인맥 또한 무시

못 할 만큼 넓었다.

민호는 확실히 이번 결혼식을 보면서 한 번 더 느낄 수

있었다.

종섭에게도 날개가 달렸다는 사실을.

"민호야, 이제 라이벌 대전 2탄이 개봉했다."

옆자리에 앉은 재권이 미소를 지으며 그를 자극하듯이

말했다.

"라이벌은 무슨… 오히려 제가 키우는 중입니다."

"호오… 자신감이 하늘을 찌르는데? 아, 참. 이 차장하고 약속 잡았어."

"네?"

"찜질방 약속. 아마 신혼여행 갔다 오고 나서 가기로 했다."

그 말을 들은 민호는 묘한 미소를 지었다.

아까 재권이 한 말 중에 완전히 부정하고 싶은 말, 라이벌 대전!

그것이 정말 말도 안 된다고 여기도록 이번에 확실히 눌러줘야 한다고 생각했다.

종섭이 성장하는 건 반가운 일이다.

재권도, 종섭도, 구인기도, 그리고 강태학도….

자신이 아는 모든 젊은 인재가 글로벌 안에서 쑥쑥 자라나야 더 빨리 성장하게 된다.

하지만 통제 가능한 범위 안에서 성장해야 한다.

자신의 손가락 밖으로 새어나가게 되면, 어떤 돌발상황이 벌어질지 모르는 일이다.

당연히 가끔은 상대적으로 자신이 우위에 있다는 걸 전달해야 하는데, 그 계기가 마련된 찜질방.

그날이 빨리 오기를 기대했다.

이런저런 생각에 결혼식이 끝나고, 재권이 유정의 손을 붙잡고 민호와 유미에게 다가왔다.

"우리는 주말에 여행 좀 가려고."

"좋으시겠습니다."

"너희는?"

"우리는…."

민호는 유미을 살짝 쳐다봤다.

결혼하면 자신이 일 중독으로 그녀를 독수공방시키지 않을까 걱정했었는데….

"유미가 글로벌 푸드 신상품 건으로 바빠서요…."

"그래? 부부가 쌍으로 워크홀릭이네. 하하하."

재권이 웃자, 옆에서 유정이 조용한 목소리로 말했다.

"유미 씨도 대단하네요. 배 속에 아이도 있는데… 열정이 정말…."

민호는 유미의 많이 불러온 배를 보는 유정의 눈에 부러움이 담겨있다는 걸 눈치챘다.

그러고 보니 아직 그쪽 부부는 소식이 없었다.

아직 그들이 젊기 때문에 급한 일은 아니라고 여긴 민호.

오히려 이쪽이 빨랐다.

너무 이른 나이에 아빠가 되는 것.

어떤 기분일까?

주말에 집에서 홀로 남겨져 인터넷을 검색했다.

처음에는 지식in으로 다른 젊은 아빠들의 조언을 구하다가, 블로그를 방문했고, 그다음에는 자연스럽게 카페를 찾게 되었다.

〈젊은 아빠들의 모임〉

자신에게 딱 알맞은 카페라고 생각하고 재빨리 가입했다.

준회원이었기에 눈팅만 할 수 있는 상황이었는데….

'흠… 나 정도는 젊은 아빠가 아니구나.'

그 카페에 있는 젊은 아빠들의 연령대는 20대 초반이었다.

젊은 아빠가 아니라 어린 아빠들도 꽤 많았다.

결국, 소외 아닌 소외를 느끼며 카페를 접으려고 하는데, 눈에 띄는 타이틀 하나가 보였다.

게시물 제목에 자신과 같은 이름이 보였다.

– 우리 와이프가 좋아하는 김민호라는 사람 사진.

역시, '김민호'라는 이름이 흔하다고 느낀 민호.

자연스럽게 그 게시물을 클릭했다.

그런데!

"헐… 이거 뭐야?"

혼잣말까지 하게 된 이유는 바로 그 게시물에 나와 있는 사진이 본인의 것이기 때문이었다.

– 김민호라는 사람인데, 젊은 나이에 대그룹의 임원임. 평범하게 생겼는데, 우리 와이프는 자기 이상형이라고 ㄷㄷㄷ

갑자기 오싹했다.

그러다가 기분이 나빠졌다.

자신의 사진이 아무렇게나 올려져 있기 때문이 아니라 이곳에 붙은 댓글 때문이다.

- 평범? 저건 못생긴 축에 속하는데요? 아내분 이상형이 독특하시네요.

- 동감. 혹시 어린 나이에 대기업 임원이라서 그런 거 아님?

- 저 나이에 대기업 임원이라면, 분명히 사장 아들임. 아니면 숨겨논 아들임.

답 댓글을 달려고 하다가 준회원은 불가능하다는 것을 깨닫고 출처를 살펴봤다.

〈나의 민느님〉이라는 카페였다.

도대체 자신에 대한 신상을 거기서 왜 터는 것일까?

재빨리 그 카페로 옮겼다.

순간 그의 눈에 경악이 담겼다.

카페 이미지가 온통 자신의 얼굴로 도배되었다.

한참을 보다 보니 드디어 머릿속에 떠오르는 얼굴이 있었다.

'레이디스 메거진의 조희경이라고 했었지?'

지난주에 기자회견장에서 분명히 자신의 카페를 언급한 그녀.

그녀가 자신의 카페를 운영하는 회장이라고 한 말이 기억이 났다.

느낌이 왔다.

이 카페는 분명히 그녀가 만들어낸 것이다.

카페의 인원수를 보니 10만 명이 넘었다.

도대체 무슨 주제로 어떤 이야기가 오가는지 상당히 궁금했다.

  그래서 〈카페 가입하기〉를 누르려고 했는데, 그 위에 큰 글씨로 쓰여 있는 경고문.

  – 여자만 가입 가능

  '그런 게 어딨어?'

  라고 속으로 외치면서 바로 클릭했다.

  헌데 팝업창이 뜨면서,

  – 죄송합니다. 만 19세 이상의 여자회원만 가입할 수 있습니다.

  라고 공지문이 떴다.

  답답했지만, 여기까지가 알아내는 게 한계였다.

  카페의 주인공이 가입하지 못하다니 어이가 없었다.

  지난번 인터뷰할 때 조희경의 전화번호를 적어놨어야 했는데, 약간 아쉬움이 남았다.

  기다리면 그녀가 자신에게 연락해올 것 같았지만, 여기서 자신의 인내심을 발휘하기란 쉽지 않은 법.

  그는 바로 카페 매니저에게 쪽지를 보냈다.

  – 이 카페에 가입하고 싶습니다.

  항상 접속하고 있는지, 바로 답변이 왔다.

  – 가입하세요.

  – 제가 남자라서요.

  – 아, 그럼 안 됩니다.

– 그런데 제가 김민혼데 혹시 안 되나요?

카페 활동을 해본 적이 없던 민호.

매니저가 회장인 조희경인지 아닌지는 확실하지 않다고 생각했다.

그래서 계속 부탁했는데….

– 하루에도 몇 번씩 많은 분이 자신이 김민호라는 쪽지를 보냅니다. 죄송합니다.

"헐!"

자신도 모르게 나오는 외침!

어쩔 수 없다고 생각하며 최후의 수단으로 유미의 개인 신상을 이용해 재빨리 아이디를 만들어서 가입신청을 눌렀다.

이번에는 일사천리.

약간의 시간이 흐르고 나서 드디어 바로 통과하며 카페에 입성했다.

참 어이없는 게 자신의 카페 등급이 '민호 지인' 이었다.

자세히 보니 카페 등급이 민호 친구, 민호 썸타기, 민호 애인 등 다양했다.

최고 높은 등급은 '민호 와이프' 라는 회원이었는데, 단 한 명만 있는 것 같았다.

유미가 보면 오해하기 딱 좋은 등급이었다.

그런데 사실 민호가 무엇보다도 가장 놀란 건….

들어가서 게시물을 살펴보니 완전히 자신의 찬양 글로 도배되었다는 점.

너무 심하게 신격화된 자신을 보는 기분은 참 묘했다.

'이 정도는 아닌데….'

항상 하늘을 찌를 듯 높은 자만심이 살짝 수그러든다고 해야 할까?

그렇게 민호의 첫 카페 생활이 시작되었다.

⚜

주말이 지나고 월요일.

그 사이 민호는 카페에 있는 몇 개의 글을 읽고 자신에 대해 되돌아보는 시간을 가졌다.

그리고 그가 몇 가지 알아낸 사실은, 자신의 일거수일투족이 자세히 올라온 걸 보니 회사 안에 그 카페의 멤버가 다수 있다는 거였다.

그들이 누구인지 알아보기는 쉬웠다.

몰래 자신을 찍는다고는 하지만, 이제 의식하니 여기저기서 핸드폰으로 자신을 찍는 여성들을 알아챌 수 있었으니까.

온종일 여기저기 돌아다닐 때 자신에게 시선을 주는 이들 역시 카페 가입자일 확률이 높았다.

처음에는 자신의 신상을 탈탈 터는 그들에게 약간 화가 났는데, 이제는 그러려니 했다.

어차피 그들의 잘못이 아니다.

굳이 따지자면, 유미에게 얻은 능력으로 그들을 매혹시킨 자신의 잘못이었다.

그냥 받아들이자고 생각하면서 퇴근을 앞둔 시점.

재권이 연락해서 오랜만에 술 한잔 하자며 집 근처 포장마차로 자신을 불러냈다.

포장마차에 도착해보니 벌써 술 한 잔 기울이는 그의 모습이 쓸쓸해 보였다.

"왔어?"

"네? 네… 하하. 무슨 일 있으세요?"

"응? 아냐… 그냥 갑자기 술 한 잔 마시고 싶어서."

말은 그렇게 했지만, 표정을 숨길 수 있는 재권이 아니었다.

이윽고 속에 있는 말을 꺼내기 시작했다.

"사실 아버지 산소에 갔다가 큰 형을 봤어."

"아, 네."

"별일은 없었는데 그냥 한마디 들은 게, 이상한 느낌이 들어. 형이 글로벌을 살짝 봐주고 있는 듯한…?"

"뭐라고 하던가요?"

"최민식 하나로 모든 걸 얻은 표정을 짓지 말라고."

분명히 경고나 비아냥이었다.

하지만 왠지 모르게 그냥 그 정도는 아닌 것 같았다.

사실 민호도 가끔 느끼는 점이다.

안재현은 왜 글로벌을 마음먹고 초토화시키기 않을까?

"가만히 생각해보면, 이상한 게 한둘이 아닙니다. 사실 맘만 먹으면 성혜 그룹에서 글로벌 하나 날려버리는 거… 일도 아니지 않습니까? 그런데 살짝 한계를 시험해 보려는 듯… 건드리고 나서 일어나면 깨끗이 물러갔습니다."

"그… 그런가? 난 네가 잘 해결해서…."

"물론 그랬죠. 제가 잘하긴 했죠."

민호에게 겸손은 전혀 다른 세계의 말이다.

이런 말을 들으면 한 번쯤 겸양의 표현도 할만한데, 그는 그러지 않았다.

그런데 지금은 약간 자신에 대해 아주 살짝 객관적으로 평가하기 시작했다.

"하지만 성혜와 글로벌의 전력 차는 백 대 일이라고 해도 과언이 아닙니다. 제가 아무리 잘났다고 설쳐대도, 1년 반이라는 시간 동안 그냥 버틸 수 있을 뿐이었는데… 성장했습니다. 그것도 고속으로."

"그러니까… 네 말은 형이 우리를 성장하도록 적절한 자극을 줬다는 이야기잖아."

"그렇습니다. 그리고 그 이유는… 저는 모르니까… 그래서 물어본 겁니다. 두 분이 어렸을 때부터 서로 좋지 않았는지."

그랬나? 아주 어렸을 때부터 늘 사이가 좋지 않았나?

재권은 문득 과거의 일들을 떠올렸다.

넓은 집 앞에 자신을 포함해서 다섯 명의 형제자매가

마당에 나와 있는 장면이 그려졌다.

마당은 녹색 잔디.

그 푸른색 위에는 아버지와 큰 엄마가 있었고….

자신을 보는 많은 눈도 존재했다.

그중 하나가 바로 안재현의 눈이었다.

지금 회상해보니 신기한 게 그의 눈에 항상 있었다고 생각한 경멸이 그때에는 없었다.

가끔 그에게 혼나기도 했지만, 자신과 안재현의 사이에 꼭 나쁜 일만 있었던 건 아니었다.

오히려 자신이 큰 형을 꽤 따랐다.

그는 자신에게 종종 쏘아붙였지만, 그렇다고 괴롭힌 적은 없었다.

오히려 다른 형들과 누나들이 자신을 괴롭혔을 때, 그가 나선 적이 많았다.

– 쓸데없이 저 자식 건드리지 말고, 발전되는 일을 해. 괜히 나중에 아버지한테 유산 더 달라고 징징대지 말고. 결국, 우린 경쟁자야. 누가 더 받는지, 덜 받는지… 지금부터 노력하는 사람이 이기게 되어 있어.

그 말이 인상 깊었다. 지금 떠올리는 것 중 가장 기억에 남는 말이었기 때문에.

그리고 또 하나….

결정적으로 자신에게 '첩의 자식'이라고 부르기 시작한 큰 사건.

바로 안재현의 어머니가 정신병원에 가기 시작하면서부터였다.

그때는 어려서 잘 몰랐는데….

만약 자신이 큰 형이었다면….

어쩌면 더 잔인해졌을지도 모른다는 생각이 든 순간!

재권의 입에서 민호를 부르는 소리가 흘러나왔다.

"민호야…."

"네, 형님."

"적이라고 생각한 사람이… 끝까지 적이 아닐 수도 있을까?"

〈8권에서 계속〉